LEUR MARIÉE REBELLE

LA SÉRIE DU MÉNAGE BRIDGEWATER - 9

VANESSA VALE

Copyright © 2020 par Vanessa Vale

Ceci est une œuvre de fiction. Les noms, les personnages, les lieux et les événements sont les produits de l'imagination de l'auteur et utilisés de manière fictive. Toute ressemblance avec des personnes réelles, vivantes ou décédées, entreprises, sociétés, événements ou lieux ne serait qu'une pure coïncidence.

Tous droits réservés.

Aucune partie de ce livre ne peut être reproduite sous quelque forme ou par quelque moyen électronique ou mécanique que ce soit, y compris les systèmes de stockage et de recherche d'information, sans l'autorisation écrite de l'auteur, sauf pour l'utilisation de citations brèves dans une critique du livre.

Conception de la couverture : Bridger Media

Création graphique : Hot Damn Stock; Deposit Photos: lafita

OBTENEZ UN LIVRE GRATUIT !

Abonnez-vous à ma liste de diffusion pour être le premier à connaître les nouveautés, les livres gratuits, les promotions et autres informations de l'auteur.

livresromance.com

1

*J*AMES

DE TOUTES LES femmes du Territoire du Montana, pourquoi fallait-il que mes couilles en pincent pour elle ? Tennessee Bennett était un sacré numéro. Une femme dangereuse pour elle-même autant que pour les autres, ce que j'avais rapidement découvert—dès que j'avais réussi à la calmer suffisamment pour qu'elle retrouve la raison— après s'être fait enlever par un détraqué, elle avait conduit ma sœur à se retrouver dans la même pièce que lui.

Heureusement, après six jours, six putain de jours dans les griffes de cet homme, Tennessee était désormais libre, grâce à l'impétueuse Abigail et grâce au ciel, les deux femmes étaient totalement indemnes suite à cet incident.

Quant à Abigail, ses deux maris s'étaient occupés d'elle et l'avaient raccompagnée à Bridgewater. Cela avait été difficile de les laisser prendre le relais—ça avait été mon rôle jusqu'à présent—et il faudrait que je me fasse à l'idée de leur mariage, mais ils prendraient soin d'elle. Et de son bonheur.

Alors Abigail avait Gabe et Tucker mais Tennessee n'avait personne. Pas d'argent. Pas d'endroit où vivre. Pas de projets professionnels maintenant qu'elle avait terminé ses études.

Mais elle m'avait moi, et j'allais m'assurer qu'elle soit bien traitée. Je n'avais pas protégé Abigail de l'incendie il y a toutes ces années. C'est elle qui m'avait porté secours. Cette culpabilité, la cicatrice qu'elle portait, me rappelait mon échec à chaque fois que je la regardais. Je ne faillirais pas une nouvelle fois. Je sauverais Tennessee, quoiqu'il en coûte. Il y aurait des mots doux, une bonne fessée et peut-être même de la bonne baise.

Pour commencer, une fessée, on dirait. Parce que là où Abigail avait eu besoin de réconfort et d'affection, Tennessee semblait déterminée à se décharger de ses frustrations. Sur moi.

« James Carr, le simple fait que vous soyez le frère de ma meilleure amie ne vous donne par le droit de me dicter ma conduite. »

Elle me regarda à travers ses cils clairs. Ces yeux bleus, marqués par six journées d'angoisse, et semble-t-il d'insomnie, m'invitaient à la prendre dans mes bras et à lui dire que tout irait bien. Mais je ne pouvais pas. Pas maintenant. Je ne pouvais pas la cajoler. C'était manifeste —du moins ça l'était pour moi—elle avait besoin que quelqu'un la reprenne en main fermement car elle s'était attirée de si gros ennuis, et elle trouverait cela chez moi. Je m'imaginais qu'un excès de cajoleries avait fait d'elle ce qu'elle était, un père trop doux l'avait éduquée.

« Après ce qui vient de se passer ? » répliquai-je. « Tu as été kidnappée et retenue contre une rançon. Grimsby allait te *tuer*. » Je le savais parce qu'elle avait été contrainte de le raconter au shérif. Je pris une grande inspiration en pensant à ce qui aurait pu lui arriver. « Abigail est venue te secourir et tu t'es enfuie, en la laissant dans la maison de cet homme. Seule. »

« Je ne me suis pas enfuie ; je suis allée prévenir le shérif ! » lança-elle. Pour une personne dont la tête m'arrivait à peine à hauteur d'épaule, elle avait la capacité de me prendre de haut.

Bien que Tennessee n'ait pu offrir aucune forme d'assistance pour résoudre cette fâcheuse situation—et qu'elle soit allée chercher le shérif—c'était le fait qu'elle y ait entrainée ma sœur qui m'avait énervé. Et pour commencer, qu'elle se soit mise elle-même dans cette histoire.

Six jours avec cet homme.

« Il vaudrait mieux, jeune fille, que tu ne parles pas, sinon, je trouverai une ruelle sombre pour te prendre sur mes genoux, » répliquai-je, en la guidant vers le trottoir de la ville de Butte. Plus nous quitterions la ville rapidement, plus nous serions seuls rapidement, et bientôt, je pourrais la pencher en avant, sa culotte descendue sur ses chevilles, les fesses à l'air et bientôt rosies par ma main.

Je n'avais jamais levé la main sur une femme et je n'allais pas commencer. Celle-ci me faisait beaucoup d'effet. Tant son corps que son esprit. Une fessée lui ferait le plus grand bien—et à moi aussi. Tout comme la baiser follement.

Les deux pourraient même mener au même résultat... Tennessee docile et domptée, ces deux concepts seraient si agréables. Quant à elle ? Elle n'apprécierait pas la fessée pour commencer, mais elle semblait de nature passionnée, et nul doute que sa chatte serait mouillée et impatiente quand j'en aurais fini.

Mais avant tout, je devais trouver un endroit discret pour lui infliger son châtiment—une allée ne conviendrait pas, malgré mes menaces—et me calmer auparavant. Plus elle parlait et moins je me calmais.

Le temps était chaud et provoquait de l'agitation dans les rues. Les diligences et les cavaliers passaient à côté de nous. La petite musique étouffée du piano d'un saloon résonnait, rien d'étonnant vu qu'il semblait y en avoir un à chaque coin de rue. Les magnats du cuivre se mêlaient aux piétons ainsi qu'aux belles de nuit et aux mineurs. Je détestais les villes. Le bruit. L'empilement de l'humanité. Je ne serais pas venu si la vie d'Abigail n'avait pas été en danger. Et je ne serais pas resté si je n'avais pas rencontré Tennessee. Mais plus pour très longtemps.

« Je ne veux pas rentrer avec vous, » railla-t-elle en se débattant.

J'avais posé ma main sur le dessus de la sienne et l'avait calée dans le creux de mon coude pour l'empêcher de filer, comme elle essayait de faire en cet instant-même. Je lui avais fait part, dans des termes on ne peut plus explicites, qu'elle quitterait Butte avec moi. Je ne lui avais laissé aucun choix, et elle n'en avait pas d'autre.

« Je ne vous connais même pas, » bougonna-t-elle dans un geste qui fit rebondir sa poitrine sur mon avant-bras. Je grognai intérieurement en sentant sa chair contre la mienne. Bien qu'elle m'arrive à peine à l'épaule, elle avait des courbes impossibles à dissimuler sous sa robe de style classique dont la couleur bleue rappelait celle de ses yeux, mais dont le coton la recouvrait des pieds jusqu'au cou. Le vêtement était aussi innocent qu'elle. Peut-être pas par rapport à son humeur, mais certainement en ce qui concernait son corps.

Oh quelle impertinence. J'avais hâte de la dévoyer pour des activités plus... intimes.

Depuis deux ans, quand j'avais posé les yeux sur elle au pensionnat, elle occupait mes pensées, mes rêves, me faisait bander, m'obligeant à me prendre en main pour soulager la tension ainsi provoquée alors que j'imaginais ses tresses claires s'emmêler dans mes doigts, la douceur de sa peau sous mes doigts, ses petits gémissements pendant que je la ferais jouir en remplissant sa petite chatte vierge pour la première fois.

Je serrai les dents, en pensant qu'elle s'était rendue chez Grimsby en mettant sa vie en danger alors qu'elle aurait pu m'appeler à la rescousse. Mais le mal était fait, son père était mort et Grimsby avait fini en prison.

Après deux années, Tennessee était enfin mienne. J'avais attendu car elle était trop jeune et je voulais qu'elle termine l'école. Cependant j'avais été malade, et alors que je pensais ne souffrir que d'un simple rhume des foins, le docteur qu'Abigail avait venir avait trouvé autre chose : Un battement irrégulier de mon cœur en indiquait la faiblesse. Signe avant-coureur d'une mort précoce. Il avait eu la mine sombre au moment du diagnostic, comme si j'allais m'écrouler à tout moment. Je me sentais guéri après mon rhume, mais toujours fatigué.

Était-ce le début de la fin ? Ou seulement un besoin de calme et de repos ? Je mourrais peut-être bientôt, mais j'allais vivre jusque-là. Et j'étais bien décidé à avoir ce que je voulais. Et je voulais Tennessee.

Abigail ne s'y opposerait pas, et je ne pensais pas qu'elle désapprouve notre union ; mais elle était mariée et avait elle-même gardé ses propres secrets. Je n'allais pas dévoiler mon état de santé jusqu'à ce que je sois en mesure de retourner voir le médecin.

Maintenant, rien ne nous empêchait d'être ensemble —au diable mon cœur malade—sauf peut-être Tennessee elle-même. Il était temps. Elle n'était pas seulement prête. Elle avait besoin d'un homme, un vrai. Je ferais en sorte qu'elle soit heureuse, qu'elle ne manque de rien, qu'elle soit chérie. Aimée. Je lui donnerais la lune si je pouvais.

« Je ne suis pas un étranger. Je suis le frère de ta meilleure amie, » répliquai-je en arrangeant chaque mot à mon avantage. »

Elle plissa ses lèvres pleines. « Et qu'avez-vous l'intention de faire de moi ? » demanda-t-elle, en arquant un de ses sourcils clairs.

N'était-elle adorable. Comme si j'étais friand de distribuer des punitions, et voulais une femme docile. Non, au contraire, je bandais ferme pour ce petit chat sauvage qui semblait plus du genre à me pétrir les couilles qu'à les prendre dans le creux de sa main pour savoir combien de semence elles pourraient déverser dans sa petite chatte vierge.

« T'épouser bien entendu. Et pas pour un mariage ordinaire. Un mariage à la manière de Bridgewater. Tu sais en quoi cela consiste ? »

Elle ouvrit grand les yeux. « M'épouser ? » glapit-elle. « Je ne vais pas t'épouser. »

Elle s'était clairement arrêtée à ma première phrase, sinon elle aurait su qu'elle n'allait pas seulement s'unir à moi, mais aussi à Jonah Wells. Avoir deux maris assurerait que rien ne lui arrive, qu'aucun mal ne lui serait fait. C'était la décision qui s'imposait. Elle était à mes côtés et elle allait m'épouser. Mais j'avais été malade et, d'après le docteur, j'étais toujours malade. Je voulais Tennessee, mais je ne voulais pas la laisser seule—sans parler de l'enfant que je pourrais lui faire—si le diagnostic était avéré. Jonah Wells était le parfait candidat. La seule personne avec qui j'imaginais partager une femme.

Il avait dû m'accompagner à Butte pour aller chercher Abigail—j'avais quitté le ranch à la hâte avec Tucker et Gabe et l'avais fait venir pour nous aider—mais je ne l'avais pas encore revu. Ce n'était pas surprenant vu que cela avait pris du temps pour localiser Abigail dans la maison de Grimsby. Nous allions le croiser, j'en étais sûr.

« Pourquoi pas ? Grimsby était ta dernière conquête et tu étais prête à l'épouser. Je ne peux pas croire qu'il était ta première tentative. »

Je tenais Tennessee, et je n'allais pas attendre l'arrivée de Jonah pour officialiser les choses. Dans un mariage à la mode de Bridgewater, il serait aussi son mari, avec ou sans cérémonie. Une fois mes vœux prononcés, je saurais une fois pour toutes qu'on s'occuperait d'elle.

Elle plissa les yeux et rougit, sa peau claire révélant la vérité. Elle était en quête d'un époux. Un riche époux et cela s'était soldé par un désastre. À tel point que son père avait été tué. Putain, elle allait me rendre fou. Une crise d'apoplexie serait une issue moins cruelle.

« Je ne suis peut-être qu'un simple fermier, mais je ne bois pas plus que de raison, je ne jure pas—du moins pas devant les dames, j'ai tous mes cheveux, toutes mes dents, » expliquai-je en passant une main sur ma poitrine. J'avais aussi de l'argent, une grosse quantité ainsi qu'un immense terrain. Quand elle serait ma femme, elle ne serait plus dans le besoin, mais je ne l'épouserais pas pour cela. « Je suis exactement ce que tu recherches. »

Et elle était exactement ce que je recherchais. Avec son tempérament sauvage et tout le reste.

Je pris son bras en la guidant à nouveau dans la rue. « Viens, ta place est avec toi, nous allons d'abord trouver un prêtre. » *Puis un lit.*

Elle retira son bras en criant. « Non ! C'est vous qui m'avez dit de venir avec vous. Vous ne m'avez pas laissé le choix. Je ne veux pas venir avec vous, et encore moins vous épouser. »

Notre avancée fut interrompue par un homme qui roulait un tonneau en bois sur le sol crayeux en direction du saloon.

J'arquai un sourcil. Pourquoi s'y opposait-elle ? « Tu n'as pas d'autre choix que de te marier. Tu n'aurais pas tenté d'attirer M. Grimsby dans tes filets sinon. Je te promets que je suis un bien meilleur parti que— » Je ne finis pas ma phrase, le mot que j'avais en tête n'était pas approprié.

« On m'enlève ! À l'aide ! » cria-t-elle.

Je la regardai ébahi. *Un enlèvement ?* Je voulais la jeter par-dessus mon épaule pour l'emporter, mais je n'avais pas pensé que cela serait nécessaire. Après ce qu'elle avait traversé, je m'étais attendu à ce qu'elle soit docile et obéissante et qu'elle reconnaisse le havre de paix que je lui offrais. Elle aurait un mariage avec deux hommes qui la désiraient. Deux fois plus de protection, de confort, d'amour. J'avais peut-être eu tort.

Le grand costaud immobilisa son tonneau pour nous couper la route et regarda Tennessee, déviant son regard sur la prise que ma main exerçait sur son bras. Elle s'arracha à ma poigne et fit le tour du tonneau pour mettre de la distance entre nous.

Bien que le pousseur de tonneau fasse la même taille que moi, il était bien plus lourd. Des muscles que sa profession avait rendus massifs se dessinaient sous sa chemise imprégnée de sueur. Je travaillais dur dans mon ranch toute la journée mais je ne pouvais pas lutter. « Qu'est-ce-que tu lui veux à la demoiselle ? » me demanda-t-il. Sa voix était grave et je le vis déjà replier ses mains pour former des poings.

« Il est dangereux, » ajouta Tennessee en portant ses doigts à sa bouche comme pour cacher une lèvre tremblante. Je me demandai si elle avait suivi des cours d'art dramatique avec Abigail.

Oh, Tennessee recevrait la fessée de sa vie une fois que j'aurais posé la main sur elle. Je fis un pas dans sa direction. « Tu viens d'être libérée. Hein, Tennessee ? »

« Il a même une arme ! » cria-t-elle en pointant le revolver fourré dans mon pantalon. C'était celui qu'Abigail avait pris et utilisé pour faire peur à M. Grimsby. Chaque homme qui s'amalgamait autour de nous en avait certainement un également. C'était peut-être la plus riche cité sur terre, mais c'était aussi un territoire sauvage.

« Tenn—» dis-je, mais je fus interrompu par le pousseur de tonneau qui empoigna ma chemise. Son poing me frappa avant que j'aie le temps de faire autre chose que de lever un bras faible pour toute défense. Je tombai au sol pour atterrir contre le mur en brique du bâtiment. Ma tête heurta la façade dans un craquement et je glissai sur le sol. Puis tout devint noir.

Quand je me réveillai, Jonah était accroupi à côté de moi. C'était mon ami ainsi que mon voisin— façon de parler car l'étendue de nos terres plaçait nos maisons à un kilomètre l'une de l'autre—et me regardait avec inquiétude. De dix ans mon aîné, son jugement était chargé d'expérience. « Dure journée ? » demanda-t-il.

Je saisis sa main tendue et il m'aida à me relever. Je grimaçai en me tenant l'œil que je sentais tuméfié.

« Putain, ça fait mal. »

Je regardai par-dessus les larges épaules de Jonah. La brute et son tonneau avaient disparu depuis longtemps. Tout comme Tennessee. Et merde.

« Où est-elle allée ? »

« Qui ça ? Abigail ? » Il regarda des deux côtés.

« Non. Tennessee Bennett. » Je soupirai en tournant la tête de part et d'autre. « Longue histoire, mais c'est la femme dont je t'ai parlé. »

J'avais partagé avec lui mon désir pour Tennessee et mon intention de l'épouser. Un jour. Et ce jour était arrivé, mais il semblait qu'elle ait disparu.

« Elle t'a terrassé ? » Il sourit largement. « J'avoue que je suis intrigué. »

Je soupirai avant de grommeler, « Non, elle ne m'a pas

terrassé. Elle ne pourrait pas laisser de marque sur un oreiller si elle le frappait. Elle a fait une crise, en criant que je la kidnappais et un abruti est venu à sa rescousse. Et m'a frappé. »

Je grimaçai encore à cause de la douleur sur mon visage alors qu'il penchait la tête en riant. Des gens se retournèrent, surtout des femmes. Avec ses cheveux blonds, son visage taillé à la serpette et son large physique, il avait attiré de nombreuses femmes. Mais aucune n'avait réussi à le garder dans ses filets.

« Je lui ai dit que nous allions l'épouser. »

« Tu lui as dit ? » Il fit un signe de son chapeau à deux dames qui passaient. « Pas étonnant que tu te sois fait frapper. Je suis surpris que ton bourreau ne porte pas tes couilles en collier autour du cou. Il aurait fallu de belles paroles pour l'amadouer peut-être ? »

J'étouffai un petit rire. Amadouer Tennessee ? Je regardai le trottoir droit devant nous, mais il n'y avait aucune trace d'elle. « Cette femme est une menace et a besoin d'un tuteur. » Je lui lançai un regard concerné. « Ou plutôt deux. Tu vas aussi l'épouser. »

Il écarquilla les yeux de surprise.

« Je suis malade, Jonah. Mon cœur ne va pas bien. »

« Qui t'a dit ça ? »

Je lui relatai la visite du Docteur Bruin et l'histoire de mon rhume des foins, et aussi quand il m'avait dit, non pas de me reposer et de boire du thé, mais que j'allais certainement mourir d'insuffisance cardiaque.

« Je n'y crois pas. Pas pour le moment. Je me sens bien. Je ne vais pas m'empêcher d'aller au bout de mes désirs parce qu'un vieux con a dit que j'avais le cœur en carafe. » C'était difficile à admettre, je ne m'étais pas encore fait à cette idée. En fait, je refusais d'y croire, même si cela ne me rendait que plus déterminé. « Je vais l'épouser, mais il lui faut deux maris. »

« Un mariage à la mode de Bridgewater, » répondit-il calmement. Il était ami avec les hommes de Bridgewater, connaissait leur coutume, leurs raisons. Il en avait vu les bienfaits sur les ménages concernés.

J'acquiesçai. Tennessee lui plairait. Il découvrirait sa nature fougueuse sans même l'avoir vue. Mais quand il la verrait, quand sa queue palpiterait pour la première fois pour elle, je n'avais aucun doute qu'il se détendrait vite à l'idée de l'épouser.

« Elle est plus jeune qu'Abel, » rappela-t-il. Son fils avait vingt ans et Tennessee à peine dix-neuf. « Je serais plus un père qu'un mari pour elle. »

Je regardai attentivement mon ami. À ce qu'il m'avait raconté, son mariage d'après-guerre n'avait pas été un mariage d'amour, plutôt celui de la raison et du devoir. Il avait été bref, moins d'un an avant qu'il ne devienne veuf avec un enfant. Il était toujours resté à l'écart de la gente féminine, même après une vingtaine d'années.

« Le père de Tennessee s'est servi d'elle pour conclure une riche alliance et elle s'attache toujours à remplir sa mission. » J'expliquai brièvement comment Tennessee en était venue à jeter son dévolu sur Grimsby, pour son compte en banque fourni. « L'homme était ravi, mais il en voulait autant à son argent. Quand il s'est avéré qu'elle n'en avait pas, le chantage et l'extorsion ont pris le relais. Il lui faudra plus que des mots doux. Elle est rusée et maline. » Je désignai mon œil en guise de preuve. « Une main ferme sera nécessaire pour lui montrer la voie. »

Il démangeait à ma paume de la fesser. Ma queue palpitait à l'idée de la remplir.

« Même si c'était un ordre de son père ? »

Je portai encore la main à mon œil en grimaçant. « Elle n'a pas fait qu'obéir à son père. »

« Et c'est à nous de la punir ? »

Je pensais à un autre homme que Jonah et moi en train de la toucher : « Putain, oui ! »

Il pencha la tête pour méditer mes paroles. « Fort bien, mais il nous faut d'abord la retrouver. »

Je soupirai, content qu'il n'ait pas refusé d'emblée. Je mis mes mains sur mes hanches en contemplant l'artère principale. Où diable une fille comme Tennessee Bennett pourrait-elle bien se cacher dans Butte ?

2

ENNESSEE

« Mets ça. » La femme me fourra une robe vert émeraude dans les mains. Son regard était plus intense que le plus impatient des hommes, me détaillant avec un œil expérimenté.

« Une nuit à l'horizontale et tu auras de quoi payer ton voyage. »

Deux fois plus âgée que moi, elle semblait ternie par la vie comme je ne pouvais même pas l'imaginer. Sa robe révélait un plus gros décolleté que moi dans mes sous-vêtements, les énormes bosses sous son corset ne passeraient inaperçues chez aucun homme.

L'établissement était un saloon, pas une maison-close, mais cela semblait importer peu quand il s'agissait de… s'affairer auprès des mineurs après une journée passée à creuser dans les mines de cuivre. Nous étions debout dans la cuisine où un Chinois remuait une marmite de choux dont l'odeur saturait l'air. Soit il ne comprenait pas ce qui se disait, soit il s'en moquait, car il ne disait mot.

« C'est vrai, » ajouta une autre femme, âgée de quelques années de plus que moi. Assise à une vieille table, elle avait presque vidé son assiette. Ses cheveux roux étaient empilés sur le dessus de sa tête de manière désordonnée, et elle portait une tenue similaire à celle que je tenais en main, bien que la sienne soit bleue et ait perdu de son éclat. Tout comme elle. Son décolleté, même s'il n'était pas aussi ample que celui de l'autre femme, débordait de sa tenue de « scène ». Je devinais qu'elle déjeunait tard car ayant été très occupée à l'étage. Je déviai mes yeux sur ses seins dont un téton sortait à chaque profonde respiration.

« Ils aiment bien une petite chatte étroite. Et quand tu seras aussi ouverte qu'une des mines de la colline, tu auras beaucoup d'argent. »

Il était clair qu'elles étaient toutes les deux des prostituées, mais la femme plus âgée semblait être la responsable. Elles rirent toutes les deux et je grimaçai, sachant que même si elles plaisantaient, elles ne rapportaient que des faits. Les hommes n'aimaient pas les marchandises usagées. J'en étais très loin. Je n'avais même pas encore été embrassée, sans parler… du reste. Elles faisaient erreur sur mes intentions, et je devais leur faire comprendre.

« Je ne suis pas venue vendre mon corps. »

« Il n'y a qu'un seul rôle pour les femmes qui entrent par la porte de derrière. »

Je serrai les dents de frustration.

« Je ne suis pas passée par la porte de derrière. Je suis passée par l'entrée principale et on m'a envoyée dans la cuisine. » Je fis un signe de tête vers la porte d'entrée. « Je veux jouer une partie de cartes, pas... autre chose. » Je tendis la robe verte entre deux de mes doigts. Je ne savais pas qui l'avait portée avant moi, mais j'imaginais sans peine à quelles activités elle avait servi. Vendre mon corps ne faisait pas partie de mes projets.

Mon plan était de récolter assez d'argent pour prendre le train vers le Dakota du Nord pour sauver mes sœurs Virginia et Georgia. M. Grimsby était outré en découvrant ma forfaiture et le fait que je n'étais pas une héritière des chemins de fer comme mon père avait voulu lui faire croire. Il avait été tellement énervé qu'il m'avait frappée et tué mon père, et il m'avait gardée prisonnière jusqu'à ce qu'il recouvre l'argent convoité. Il me semblait que tout le monde avait menti dans cette histoire, car bien qu'il semble solvable dans sa grande maison et ses beaux habits, M. Grimsby voyait sa mine s'épuiser et cherchait une riche épouse pour se renflouer. Pendant qu'il me gardait prisonnière, M. Grimsby avait envoyé ses sbires dans le Dakota du Nord pour faire du mal à mes sœurs au cas où je ne pourrais lui fournir un revenu suffisant. Abigail avait miraculeusement—à l'aide d'un revolver—réussi à me libérer et M. Grimsby était désormais derrière les barreaux pour enlèvement, extorsion et meurtre. Mais son homme de main qui se dirigeait vers Fargo l'ignorait. Mes sœurs allaient mourir si je ne venais pas à leur secours.

Georgia et Ginny ne savaient rien des intentions de notre père... ni de sa mort.

« Au poker. » dis-je. Je suis venue jouer au poker. »

« Au poker ! » La femme la plus âgée rit comme si elle n'avait jamais vu une femme demander à se joindre aux hommes à une des tables. « Ils ne te laisseront pas participer ici. »

La musique métallique du piano parvint à travers les portes battantes qui nous séparaient du salon principal. Bien qu'il ne soit pas plein, des hommes y buvaient alors que d'autres jouaient aux cartes.

Je fronçai les sourcils.

« Et pourquoi pas ? Je suis douée. Capable de jouer. Je suis venue gagner un peu d'argent au poker, pas autrement. »

Bien qu'il ait fini par dilapider toute la fortune familiale dans le jeu, mon père m'avait appris à jouer au poker dès le plus jeune âge, mes capacités et ma logique me permettaient souvent de gagner. Cela n'impliquait pas toujours d'avoir les bonnes cartes, mais de savoir lire les émotions des autres joueurs, et une certaine part de chance. J'avais souvent remporté l'argent de poche des jeunes filles de la pension. Je ferais de même au saloon et pourrais me payer mon billet pour Fargo.

Elle arqua un sourcil sombre.

« Douée ? Je m'intéresse à tes talents avec une queue bien raide. Si tu n'es pas vierge, je mange mon chapeau. » Elle me regarda attentivement. « Les hommes seront fous à l'idée de se faire une petite chatte vierge. Tu n'as pas besoin d'être douée pour écarter les cuisses. »

Je rougis furieusement, sentant la chaleur me monter aux joues devant tant d'aplomb et l'approbation de l'autre femme. « Douée pour jouer aux cartes, » clarifiai-je.

Le seul homme qui avait éveillé mon intérêt quand il

avait parlé de conquérir ma... petite chatte vierge était James Carr. Depuis le premier instant où j'avais posé les yeux sur lui, le jour de mon arrivée au pensionnat alors qu'il accompagnait sa sœur Abigail, il faisait battre mon cœur plus rapidement. Faisait pointer mes tétons. Et plus bas, entre mes cuisses... Je n'en avais jamais parlé à Abigail, cela aurait été très étrange pour elle d'apprendre que j'avais rêvé de son frère—et nous n'avions même pas été présentés ! Non, j'avais gardé secrète mon attirance pour lui. Ça avait été mon secret, même quand mon père me poussait vers des partis aussi riches qu'inintéressants.

Comme Abigail l'avait dit à M. Grimsby, les Carr n'avaient pas d'argent, mais des terres. Ils avaient peut-être réussi à réunir assez d'agent pour l'envoyer à l'école, mais ils avaient des vaches, pas des dollars. Une vache ne me permettrait pas de récolter de l'argent pour aller sauver mes sœurs.

Riche ou pas, je me demandais maintenant comment j'avais pu trouver James Carr séduisant. Il était autoritaire, strict et très désagréable. Le fait qu'il soit grand et large d'épaules, bien musclé et qu'il ait d'adorables yeux sombres le rendait d'autant plus ennuyeux... Je me languissais de passer mes doigts dans ses cheveux châtains, de sentir sa barbe râpeuse sous mes paumes. De respirer son odeur d'homme. Mon corps avait réagi en le voyant de nouveau, même dans mon état de fatigue. J'avais failli perdre la raison en sentant ses avant-bras musclés contre ma paume quand il m'avait guidée dans la rue. Il ne m'avait même pas embrassée et j'avais eu envie de lui... de le laisser me prendre comme bon lui semblerait.

Je venais à peine d'être libérée des griffes de M.

Grimsby après l'arrivée du shérif, j'avais découvert le mariage d'Abigail à non pas un, mais deux hommes, avant que me soit présenté l'homme le plus séduisant que j'aie jamais vu, celui qui occupait mes pensées depuis deux ans. Après tout ça, j'aurais dû tomber en pâmoison pour James Carr en pleine rue, car non seulement il s'intéressait à moi, mais il avait même déclaré en des termes non équivoques, qu'il me ramenait avec lui. Qu'il voulait m'épouser. *M'épouser !*

Au fond de moi, je m'étais d'abord sentie soulagée par son intransigeance. Il m'offrait un foyer, et c'était le frère d'Abigail, mon héros, et j'étais la demoiselle en détresse comme dans toutes ses histoires que nous lisions à l'école le soir. Dans la vraie vie, ce n'était pas aussi grisant car j'étais la pire héroïne et j'avais tout gâché. J'aurais dû être patiente plutôt qu'impétueuse, lui parler de mes craintes, de mes angoisses. J'avais confiance en Abigail et j'aurais dû avoir confiance en lui aussi. À la place de tout ça, je l'avais laissé se faire battre.

James Carr ferait mieux de rentrer chez lui et d'oublier mon existence. Il était certainement déjà à mi-chemin.

Et c'était une bonne chose vu que je ne pouvais pas l'épouser. J'avais besoin d'argent, d'un travail, d'un riche époux. Quelque chose qui me permettrait de sauver mes sœurs.

Je n'avais rien. Moins que rien. Je n'avais plus ma place à l'école. Plus d'argent. Plus de nom depuis que mon père l'avait terni avec ses dettes de jeu et sa mort. Et pourtant, il me désirait. *Moi !* Alors que j'étais un désastre ambulant. Je n'avais pas de fortune. Bien que cela ne soit pas de ma faute, ma famille était manifestement gérée par un calculateur que les manigances avaient fini par faire tuer. J'avais deux sœurs dans le Dakota du Nord que je devais sauver d'une manière ou d'une autre. Bien que j'aie terminé l'école, je n'avais pas été en mesure de trouver un mari selon les critères de mon père pendant ma scolarité, malgré mes supposées beauté et bonne éducation.

Quand James avait décrété vouloir m'épouser... *décrété*, cela avait paru agaçant, et c'est pour cela que j'avais réagi de manière aussi irrationnelle. James Carr ne m'avait laissé aucun choix. Aucune option. Tout comme mon père. Tout comme M. Grimsby.

Et je détestais ça.

Pourquoi passerais-je d'un homme autoritaire à un autre ? Les actions de mon père m'avaient conduite à la prostitution. Il ne m'avait pas envoyée chercher l'amour, mais un compte en banque. Un compte en banque pour le sauver lui et ses mauvais choix. Et même depuis sa tombe, il dictait encore mes actions. Je devais sauver Ginny et Georgia.

J'avais désespérément besoin d'amour, je n'en avais pas ressenti à la maison. Ma mère était morte quand j'avais six ans, laissant mon père seul avec trois filles ; j'étais celle du milieu. Il avait été assez cruel pour en parler à Ginny, bien qu'elle soit l'aînée, c'était moi la jolie, celle qu'il enverrait à l'école afin de se trouver un mari. En plus d'être de nature mauvaise, son penchant pour l'alcool et le jeu s'étaient aggravés avec l'âge et il avait fallu à tout prix qu'il renfloue ses finances. Son désespoir l'avait poussé jusqu'à m'envoyer dans la riche ville de Butte, sacrifiant pour ce faire, jusqu'à son dernier sou. La ville était célèbre pour sa richesse minière et pour cela, il avait pensé que j'y trouverais les hommes les plus riches du pays.

L'amour était-il vraiment impossible ? Une femme était-elle vouée à épouser un homme qui ne lui offrirait ni affection, ni réconfort ?

J'avais parlé à mon père de James Carr, mais quand j'avais mentionné sa condition de fermier, il n'avait manifesté aucun intérêt. Mon père avait dit qu'il avait besoin que je trouve un riche époux et il savait comment y parvenir. J'avais flirté et jouer les ingénues, réalisé sa volonté. En passant d'un homme à un autre. M. Grimsby était la preuve vivante du désarroi dans lequel il m'avait plongée.

Ici, au saloon, je m'y étais plongée toute seule. La femme devant moi semblait avoir des projets concernant ma virginité. Elle ne me laisserait rester qu'à condition de la vendre. Comme l'avait fait mon père, comme l'avait même fait James Carr, je devais me contenter d'obéir.

Je secouai la tête. « Non. Je suis désolée. Il y a erreur. »

Elle me regarda avec un mélange d'ennui et d'agacement. « Tu n'es pas la première femme dans une situation délicate qui pousse la porte de ces lieux. Elles apprennent vite que leurs grands airs ne leur sont d'aucune utilité. »

Bien que je comprenne qu'elle me conseille de descendre de mon piédestal, selon l'expression consacrée, je m'en moquais. J'étais désespérée, mais pas à ce point-là. Mes sœurs vivaient dans un relatif confort, grâce à l'un de nos lointains cousins—on ne pouvait en dire autant de moi.

Je secouai la tête. « Je ne vendrai pas mon corps. » Je fixai la femme assise à la table, elle se contenta de hausser les épaules. Je ne pourrais jamais ressentir la même indifférence. Je repoussai la robe verte sur la table et me dirigeai vers la porte d'un pas rapide. J'avais fait une terrible, terrible erreur.

« Et tu comptes aller où ? » appela-t-elle.

Je m'interrompis dans l'encadrement de la porte, et me retournai. Je n'avais pas de réponse à sa question. Il me faudrait essayer un autre saloon—il y en avait de nombreux à Butte—et j'espérais qu'on ne m'y interdirait pas l'entrée. L'idée de partir avec James Carr semblait désormais plus attrayante. C'était un gentleman, et quoique dominant, il ne me passerait pas dessus contre mon gré. Il s'était montré généreux, et je lui avais jeté cette gentillesse à la figure. Non, je la lui avais assénée en pleine face. Le grand pousseur de tonneau avait peut-être porté le coup mais c'était pour moi qu'il l'avait fait.

J'avais anéanti tout espoir avec lui. Avec le premier homme pour lequel je ressentais quelque chose.

Comme je restai silencieuse, elle poursuivit :

« Je laisse la robe sur la table. Tu reviendras. »

« Oh que non ! »

Je sursautai en entendant cette voix grave derrière moi. Tournant les talons, je heurtai un corps massif. Un très large corps. Des grosses mains se posèrent sur mes épaules. Mon cœur manqua un battement et je levai la tête pour découvrir qui c'était.

James Carr avec un œil au beurre noir. James n'avait aucune autre raison de se trouver à l'arrière du saloon. Il était venu pour moi.

3

𝒥ONAH

EN MENANT nos chevaux vers le nord, en direction du ranch Carr, Butte derrière nous, je profitai de l'occasion qui m'était donnée de contempler la tristement célèbre mais ravissante Tennessee Bennett. Le paysage était saisissant—le soleil du soir baignait la prairie verdoyante à perte de vue et les montagnes aux cimes enneigées au loin—mais je n'avais d'yeux que pour elle.

J'en avais autant entendu que James de sa conversation avec les prostituées. S'il ne l'avait pas tirée des griffes de la matrone qui comptait gagner ses deniers sur la virginité de Tennessee, c'est moi qui l'aurais fait. Une fois sorti de la contre-allée du saloon, James avait fait les présentations, et alors qu'elle me détaillait, relevant la tête pour me regarder dans les yeux tant elle était petite, elle avait ouvert grand les yeux, mais sans dire un mot.

Elle était silencieuse, mais semblait malgré tout soulagée que James et moi l'ayons secourue. Elle avait prétendu être prête à ressortir de son plein gré, mais cela devait être rassurant d'être escortée par deux hommes forts. Elle était une femme seule dans le Territoire du Montana. Rien ne lui arriverait à Butte tant qu'elle serait entre nous, vigilants contre toute menace qui pourrait planer sur sa sécurité.

Et maintenant, le petit bout de femme qui avait fréquemment attiré l'attention de mon voisin—et de sa queue très impatiente—était assise sur ses genoux, le dos très droit. Chevauchant à leurs côtés, je me disais qu'elle devait être très mal assise dans une telle position depuis plus d'une heure. Je plissai les lèvres en y pensant, ne sachant pas si elle avait peur d'entrer en contact avec lui si elle se détendait ou bien si elle était fâchée contre James et se tenait à distance. À en juger par les marques qui entouraient l'œil de James, je penchais pour la seconde hypothèse.

À son allure aussi guindée que stricte, elle avait tout d'une innocente. Aucun homme ne s'était glissé sous cette robe. Merde, je me demandais si elle avait seulement été assise sur les genoux d'un homme auparavant. Ah, peut-être était-elle gênée de sentir la grosse queue de James appuyer contre son derrière, laquelle devait être dure comme le roc avec son délicieux petit cul qui se balançait au rythme du cheval.

Je comprenais maintenant pourquoi James avait été fasciné par celle. Non, pas fasciné. Obsédé.

Il avait parlé d'elle comme un amoureux transi. Il

parlait de ses cheveux, de l'or tissé dans la lumière du soleil. Il avait parlé de sa féminité, petite et toute en courbes. Il avait parlé de son sourire... Je n'en avais jamais vu de tels. Jusqu'alors. Il avait parlé de son tempérament fougueux. Bien qu'elle se soit calmée depuis que nous l'ayons extraite du saloon, elle devait se contrôler. Peut-être qu'elle réalisait qu'elle était passée à deux doigts de la prostitution. Ou encore qu'elle avait été secourue des griffes d'un détraqué, *le même jour* !

Cette seule pensée de ce qu'elle avait fait... ou failli s'infliger à elle-même me fit grincer des dents. Grimsby aurait pu poser ses mains sur elle, la tuer, ou les deux. Et puis, il y avait sa visite au saloon. Putain, je ne pouvais rester calme en pensant aux mineurs libidineux qui auraient pu s'immiscer entre ses cuisses.

Quand James avait grommelé qu'elle avait besoin d'un tuteur, cela m'avait amusé, je ne l'avais pas pris au sérieux. À la voir si petite et silencieuse sur ses genoux, on ne l'aurait pas pensée impétueuse. Mais après le récit de James concernant le bâtard qui l'avait retenue contre son gré, en demandant une rançon en échange de sa vie... peut-être avait-elle vraiment besoin d'être recadrée. D'être entre de bonnes mains qui veillent sur elle. Ou peut-être les deux. Mais n'importe qui ne pouvait pas prendre soin d'elle. Hors de question.

James avait raison. Il m'avait suffi de la regarder pour la désirer. Elle était belle, certes, mais c'était aussi une petite furie, preuve en était l'œil de James. Oui, je l'épouserais avec James. Elle porterait officiellement son nom, Mme James Carr, mais je la conquerrais également, grâce à la coutume de Bridgewater. Après deux décennies, je le sentais. Je le *voulais*. Cette connexion, ce désir de possession. Elle serait à moi.

Je n'avais pas recherché une femme. J'étais un veuf endurci dans ce domaine, avec un grand fils. À vingt ans, j'avais été embarqué dans un mariage aussi honorable que dénué d'amour. J'avais raccompagné Victoria seulement deux fois, et elle s'était contentée de m'annoncer qu'elle était enceinte. Je ne l'avais ni baisée, ni même embrassée. J'aurais pu clamer que ce n'était pas le mien, ce qui était vrai, mais personne ne m'aurait cru. Ils auraient pensé de moi que je fuyais mes responsabilités, en laissant une femme souillée après avoir assouvi mes pulsions. J'avais été pris au piège.

Alors nous nous étions mariés. Je ne l'avais pas aimée, et une fois nos vœux prononcés, nous n'avions jamais partagé de chambre. Seulement un nom. Bien que je n'aie jamais souhaité sa mort en couches, j'avais été ainsi libéré de mes obligations, mais avec un nouveau-né. Un fils que j'avais élevé comme le mien.

Je n'étais pas vieux, pas plus que j'avais un pied dans la tombe, quarante ans à peine, mais depuis toutes ces années, aucune femme ne m'avait attiré. Je n'étais pas un moine pour autant, mais un petit tour sous les draps n'appelait pas une bague et un prêtre. Cependant, devant l'insistance de James pour que j'épouse également Tennessee, j'avais changé de perspective. Cette femme ne serait pas sous ma seule responsabilité. James pourrait lui offrir un amour d'une profondeur dont je n'étais aujourd'hui plus capable. Je ne serais pas un mari absent. Je serais attentif, protecteur, et vu comme je la regardais maintenant, possessif.

Le docteur avait dit à James qu'il était malade, que

son cœur était défaillant. On ne saurait le dire en le regardant, plein de vie et de vigueur. Je me demandais si le vieux médecin n'avait pas fait erreur. Sa fin était-elle aussi proche ? Et la mienne ? Le Territoire du Montana n'était pas exactement un territoire paisible en termes de sécurité. Ce que je savais, c'est que nous allions protéger Tennessee, peut-être bien la protéger d'elle-même.

Je connaissais bien nos voisins de Bridgewater, les Anglais et les Ecossais qui avait servi dans le petit Comté de Mohamir où les hommes, généralement deux ou trois, épousaient ensemble une même femme. Ce n'était pas tant pour leurs besoins à eux que pour ceux de leurs épouses. D'après les histoires que j'avais entendues, Mohamir était un territoire sauvage et avoir deux maris garantissait qu'une femme soit toujours protégée et chérie. Le Territoire du Montana l'était tout autant et les mêmes inquiétudes existaient pour les femmes y demeurant.

Kane, Ian, Mason, MacPherson et tous les autres du ranch de Bridgewater—et des environs—chérissaient leurs femmes. Elles étaient le centre de leurs familles, de leur monde. Ils avaient une pensée d'avant-garde, celle-ci avait gagné l'extérieur de leur propriété. D'autres dans les environs, comme James et moi, allions épouser une femme ensemble, dans la même optique selon laquelle les besoins d'une femme passaient avant tout. De ses fesses rougies à sa chatte bien remplie—peut-être même les deux—nous veillerions à tout.

Avoir une femme pour réchauffer mon lit, pour assouvir mes besoins et me vider régulièrement les couilles semblait plaisant. Et à voir Tennessee, cela n'aurait rien d'une corvée. Je pourrais la satisfaire pendant toute ma vie. J'étais un gentleman et je ne la baiserais pas avant que nous soyons mariés, mais cela ne m'empêchait pas de nourrir les pensées les plus vicieuses. Ce que je voulais lui faire. Faire avec elle. Je remuai sur ma selle car ma queue avait envie d'elle.

Oui, nous allions conquérir Tennessee. Je ne pouvais laisser quiconque l'avoir à ma place. Elle était peut-être assez jeune pour être ma fille, mais elle m'attirait. Je l'avais vu et... su. L'affection que je ne saurais lui donner, il lui offrirait. C'était parfait et cela apaiserait les craintes de James. Je pouvais avoir une femme sans la charge émotionnelle que l'honneur m'imposait d'avoir dans un mariage traditionnel. Je n'avais plus cela en moi. Ce que Victoria avait fait m'avait ruiné à l'intérieur. Elle m'avait ôté toute autre chance d'aimer.

Et Tennessee ? Elle aurait deux hommes pour la chérir, la protéger... et pour vraiment la punir. Après ce qu'elle avait fait aujourd'hui, un homme ne pourrait décemment lui suffire.

Il semblait que James partage mes pensées en cet instant, car il s'arrêta au bord du ruisseau que nous suivions, descendit de sa monture et avec ses mains sur sa taille, souleva Tennessee de la selle.

« Pourquoi on s'arrête ? » demanda-t-elle en arquant un sourcil.

Je mis pied à terre, lâchai les rênes de l'animal pour qu'il puisse brouter ou boire.

« J'ai attendu que nous soyons assez loin de Butte pour te fesser. Tu ne voudrais pas que quelqu'un d'autre voie tes fesses nues quand je te prendrai sur mes genoux, » répondit James.

Elle ouvrit grand la bouche et lança un regard ébahi en ma direction.

« Vous allez me fesser ? »

« Je t'ai prévenue plus tôt dans la journée, » poursuivit-il. « Depuis, j'ai récolté ceci à cause de toi. » Il désigna son œil tuméfié que des marques sombres entouraient dorénavant. « Et tu étais sur le point de devenir la dernière prostituée de Butte. »

Elle plissa les yeux en posant les mains sur ses hanches.

« Je n'avais pas l'intention de devenir une… une catin. Je suis allée au saloon pour gagner de l'argent. »

« Exactement. Et même en tant que vierge, tu dois savoir qu'une femme dans un saloon gagne sa vie à l'horizontale, » ajoutai-je.

Elle me fixa, les lèvres retroussées. Hormis les présentations d'usage, c'était là notre première conversation.

« J'y suis allée pour jouer aux cartes et seulement aux cartes, » clarifia-t-elle en croisant les bras. Ce qui ne manqua pas d'attirer mon attention sur ses courbes. « Ce n'est pas ma faute si ces femmes ont fait erreur. De plus, j'étais sur le point de partir quand vous êtes arrivés. Je n'allais pas m'attarder. »

« Et où serais- tu allée ensuite ? » ajouta James.

« Dans un autre saloon je présume ? » demandai-je mais elle ne répondit rien.

Elle rougit mais pinça encore les lèvres.

James soupira et se dirigea vers un gros rocher près du bord de la rivière et s'assit. Il tapota sur ses cuisses. « Finissons-en, ensuite nous pourrons rentrer à la maison. »

Tennessee fit mine de reculer en regardant autour d'elle.

« Et où vas-tu comme ça ? » demanda-t-il. La ville la plus proche est à trois kilomètres. »

Elle ne pouvait pas courir. Elle ne pouvait pas gagner la sympathie d'un autre homme. Je ne la laisserais pas faire.

« Tu es une brute, James Carr, et je ne pense pas qu'Abigail soit vraiment ta sœur, » asséna-t-elle.

Je soupirai. Nous piétinions à grand pas. J'avançai vers elle avant de la soulever et de la lancer par-dessus mon épaule. Elle était légère comme une plume, mais agitée comme un derviche tourneur, et je saisis l'arrière de ses cuisses pour l'empêcher de glisser.

Alors qu'elle vociférait, je marchai vers le rocher que James venait de quitter.

« Ce n'est pas une négociation. Tu t'en es peut-être tirée avec de belles paroles avec ton père, mais pas avec nous. »

« Vous n'êtes pas mon père ! » cria-t-elle.

Je m'assis et la fis descendre de sorte qu'elle soit allongée sur moi, entre mes jambes. Avec une main autour de sa taille fine, je la maintins en place. Comme elle était si petite, nous étions au même niveau. Elle était belle, ses yeux de la couleur du ciel. Sa peau était claire, comme si elle n'avait jamais été baignée par le soleil. Et pourtant la lumière s'y reflétait et la faisait scintiller comme de l'or, James avait raison.

Ses actes étaient ceux d'un démon, d'une furie même. Et pourtant en la regardant, je voyais tout autre chose. Une femme préservée des affres de la société, tout ça pour être précipitée dans l'antre du loup par un père qui clairement n'avait pas les meilleures intentions. Elle était seule, perdue, à la dérive. Comme un chat sauvage, griffant et mordant la main qui ne demandait qu'à être nourri.

Elle avait besoin d'amour, d'attention. De réconfort. Mais aussi des conséquences et des limites qu'elle n'avait pas eues pour habitude de recevoir.

« Non, vraiment pas, » répondis-je d'une voix basse. Calme. Je l'étudiai et reconnus quelqu'un qui repoussait, voire rejetait les autres afin de conserver une certaine sécurité émotionnelle. Dommage. Elle allait devenir très vulnérable. « Mais peut-être que tu as besoin d'un père qui te donnera le cadre et l'attention et la dévotion dont tu as besoin pour être heureuse. »

« Et ce sera toi ? » répliqua-t-elle avec un peu d'insolence. Ah oui, le chaton pouvait sortir les griffes, surtout quand il avait peur.

Était-ce moi ? Je regardai James qui acquiesça. Peut-être qu'il reconnut que je pourrais lui donner quelque chose dont elle avait besoin. Peut-être avais-je le même âge que son père, vu qu'elle devait avoir vingt ans comme mon fils Abel.

« Oui, chaton, ce sera moi, » lui dis-je en la serrant gentiment. J'avançai une main pour saisir une mèche de cheveux qui s'était échappée de son ruban et la replaçai derrière son oreille. « Surtout que je vais devenir ton mari. »

Elle écarquilla les yeux en regardant James qui nous fixait intensément. Il sourit en hochant la tête vers moi, manifestement ravi que j'aie accepté que nous la prenions tous les deux.

« Que... qu'est-ce-que tu veux dire ? Je pensais... que c'était James—»

« Nous aurons un mariage suivant la coutume de Bridgewater, » répondit James pour couper court à sa confusion. « Deux hommes qui épousent une femme. Jonah et moi allons t'épouser. Comme l'a fait Abigail avec Gabe et Tucker, les deux hommes que tu as rencontrés tout à l'heure. Ceux qui l'ont ramenée chez elle et qu'ils l'ont certainement mise sur leurs genoux pour lui faire passer l'envie de recommencer de telles fantaisies pour te secourir. »

« Comme Abigail ? »

James acquiesça, je ne les avais pas encore rencontrés. »

« Et vous voulez toujours m'épouser ? Tous les deux ? » Elle secouait la tête de gauche à droite. « Vous ne m'avez rien demandé, ni laissé le choix, » répliqua-t-elle. « Ni l'un ni l'autre. »

J'arquai un sourcil vers James comme pour lui dire. *Tu vois, les femmes aiment donner leur avis.*

« Et tu n'y as pas pensé avant de te mettre en danger ? » répondis-je.

Avec des mains expertes, je la bougeai pour qu'elle se retrouve face à mes cuisses, et passai une jambe par-dessus ses chevilles. Ma main se posa sur le haut de son dos. Je sentis sa chaleur, sa douceur. Comme elle était petite. Fragile. Mais elle luttait... et cela montrait qu'elle n'était pas en porcelaine et ne nécessitait pas tant de ménagement. Au sens littéral comme au sens figuré.

Bam. Bam. « Pas une fois, mais deux. En tant que femme, notre femme, ta sécurité n'est pas une option. Si tu te mets en danger, tu seras punie. Ton inconfort quand tu seras assise sera un moyen de te rappeler que nous ne savions pas où tu étais. » Je marquai une pause pour la laisser réfléchir là-dessus. « Comme tu l'as dit, je ne suis pas ton père, mais il te faut clairement quelqu'un pour te recadrer. Et dans de telles circonstances, quand tu passeras sur mes genoux, tu m'appelleras Monsieur. »

Elle se figea en réfléchissant. Pendant un bref instant, je crus qu'elle avait réalisé l'ampleur de ses mauvais choix. Puis, elle poursuivit. « M. Wells, nous venons à peine de nous rencontrer. Cela est très inconvenant. »

Je ris devant sa nouvelle tentative de dévier la conversation. Maintenant, elle était guindée et avait pris un air sérieux alors que je n'aspirais qu'à assouvir ses besoins.

« M. Wells ! » cria-t-elle en essayant de s'extraire de mes genoux.

D'une main, j'attrapai le tissu de sa robe que je relevai pour dévoiler ses jambes recouvertes de ses bas, un petit ruban bleu le maintenait ainsi que sa culotte au-dessus. Bien que les nuages cachent le soleil, l'air était chaud et elle n'aurait pas froid.

Je jurai dans ma barbe et ma queue se mit à battre devant cette vision.

« Il me semblait avoir dit que tu m'appellerais Monsieur quand tu serais punie. »

Je tirai sur sa culotte pour qu'elle descende sur ses genoux, son petit cul se retrouva nu et face au ciel.

Elle cria en devenant aussi vulnérable, et parce qu'elle était vue ainsi pour la première fois par un homme. Je me raidis. James s'approcha. Des fesses pâles, rebondies et pleines. En forme de cœur et avec une fente en leur centre, indiquant les trésors qu'elle avait à offrir.

Je posai une main sur une de ses fesses et elle sursauta. Je glissai ma paume sur sa peau délicate, une peau que j'allais teinter de rose très bientôt. Quand elle se calma à nouveau, je levai la main et l'abattis. Pas une forte fessée, mais suffisamment pour picoter. Un préambule.

Une autre fessée, cette fois-ci sur l'autre fesse rebondie. Une autre, puis une autre, et ainsi de suite jusqu'à ce que ma main soit imprimée sur l'ensemble de sa chair tendre.

« Monsieur ! » cria-t-elle.

Putain. Elle l'avait fait. Elle avait dit Monsieur. Elle avait reconnu que j'étais aux commandes. C'était le cas, et si vite. Un fluide clair jaillit de ma queue en entendant cela.

Je continuai de la fesser, regardant la chair douce frissonner, jusqu'à ce qu'elle remue sur mes genoux, en écartant les jambes dans son effort. Aucun d'entre nous ne pouvait ignorer les stries de son cul qui se contractait avant de se relâcher quand elle détendait ses muscles. Et plus bas, les lèvres de sa chatte, toute rose et gonflée, que nous pouvions déjà voir scintiller, une preuve qu'elle aimait ça.

Comme c'était la première fessée qu'elle recevait de nous, je ne m'attardai pas. Je ne l'avais pas fessé plus que nécessaire, suffisamment pour attirer son attention et lui causer un derrière irrité pour quelques temps. Même pas assez fort pour des larmes. Prenant sous ma paume son derrière devenu très chaud, je la laissai réfléchir à ce que je lui avais fait alors qu'elle remuait toujours. Pour l'apaiser. Aucun homme ne l'avait touchée comme ça auparavant, j'en étais sûr. Son corps savait instinctivement qu'il voulait de mon geste, elle désirait que je dérive sur sa chatte excitée. Et c'est ce que je fis, en caressant du bout de mes doigts ses lèvres gonflées, les enrobant de son excitation.

« Mouillée, » dis-je avant de pousser une sorte de grognement. Elle était douce comme la soie, débordante et chaude au toucher.

« Elle a peut-être sorti les griffes tout à l'heure, mais on dirait que notre petit chaton ronronne quand on la caresse comme il faut. »

Du coin de l'œil, je vis James se remettre en place dans son pantalon.

Tennessee haleta avant de gémir quand mes doigts trouvèrent son clitoris déjà dur. « C'est... tu ne devrais pas... oh, n'arrête pas... oh mon dieu. M. Wells, » murmura-t-elle. Quand j'immobilisai ma main, elle me regarda par-dessus son épaule. Ses joues étaient aussi rouges que son petit cul. Ses yeux étaient embués d'un désir encore intact. Elle roula des hanches.

« Monsieur, » lui rappelai-je.

« Monsieur, » répondit-elle dans un souffle. « Ce que vous... c'est—»

« Tu as aimé la fessée, » lui dis-je, en glissant mes doigts sur toute la surface de sa chatte, mais sans m'attarder sur son clitoris, ni m'enfouir dans son petit trou encore indompté. Ce n'était qu'un....éveil. « Et cela en fait partie. »

Elle secoua la tête, ses cheveux complètement défaits, le ruban gisant dans l'herbe à côté d'elle. Et elle continua de rouler des hanches pour les garder en contact avec ma main dans un rythme inconscient.

Je retirai ma main et la relevai pour qu'elle soit de

nouveau entre mes jambes. Sa robe claire retomba en place, mais je n'avais pas remis sa culotte, et je devinai qu'elle devait être sur ses chevilles. À en juger par le regard de James qui s'approchait, elle n'était pas près de la remettre. Je portai mes doigts à ma bouche et léchai l'essence de son désir. Douce et sauvage, tout comme elle.

Je remuai, ma queue était palpitante et mes couilles pleines de semence rien que pour elle. Bientôt. « Les vilaines filles se font fesser, » dis-je d'une voix que mon excitation rendait profonde. « Les gentilles filles ont le droit de jouir après. »

Elle était une contradiction à elle toute seule, soumise par la fessée, mais aussi par l'excitation qui coulait dans ses veines. Ses cheveux étaient sauvages et indomptés sur sa tête et ses joues rougies. Elle avait l'air d'une femme qui voulait être satisfaite. Aucun doute que sa chatte ne demandait qu'à jouir, ses hanches remuant déjà du besoin de baiser. De trouver une satisfaction qu'elle n'avait encore jamais eue. Et en cet instant, elle l'avait mérité.

« Mais j'en ai envie ! »

J'étouffai un grognement, et n'aspirai qu'à la baiser sur l'herbe épaisse de la rive et me plonger en elle. La regarder se prendre une queue pour la première fois. Regarder James la baiser, peut-être à quatre pattes, la prendre aussi profond que possible.

« Tu es une gentille fille ? » demanda James d'une voix grave. Il était aussi excité que moi mais nous savions tous deux que ce n'était pas le moment. « As-tu mis Abigail en danger en l'attirant dans la toile de M. Grimsby ? As-tu failli vendre ton corps au saloon ? M'as-tu laissé prendre une droite avec ta mascarade ? » La liste était longue.

Elle se mordit la lèvre et acquiesça, laissant retomber ses épaules alors que James s'accroupit pour qu'elle achève de retirer sa culotte. Les conséquences étaient très claires.

Je la redressai pour me lever avant de la mener vers mon cheval et de l'aider à se mettre en selle et de m'asseoir derrière elle. Je me penchai et murmurai :

« Si tu te tiens bien le reste de la journée, je libérerai ce désir qui gronde dans ta chatte. »

Elle gémit et j'enroulai un bras autour de sa taille, l'attirant contre moi. Mon avant-bras appuyait contre sa poitrine, et son dos épousait parfaitement mon torse. Et il n'y avait aucun doute sur le fait qu'elle ressentait la sensation de ma queue appuyant sur le bas de son dos. Elle se raidit. Oui, elle la sentait sûrement. En suivant le cours du ruisseau vers le nord, j'essayai de gagner un peu de confort. Elle n'était pas la seule à avoir envie.

4

ENNESSEE

Quelque chose ne tournait pas rond chez moi. Il y a avait forcément une déficience dans ma nature profonde. Je m'étais fait fesser par un homme que je connaissais à peine et bien que j'aie eu mal... j'avais aussi trouvé ça bon. Aucune fessée ne devrait être comme cela. En fait, je n'avais jamais rien ressenti de tel. Je le sentais toujours cela dit. Bien que mon derrière picote encore suite aux gestes de M. Wells, c'était mon entrejambe qui retenait toute mon attention. Il me faisait mal, non pas d'inconfort mais de désir. Une envie charnelle.

Les mouvements du cheval ne faisaient rien pour m'apaiser. Au contraire. Le balancement m'agitait sur la selle et ma... chatte comme ils avaient dit, appuyait dessus. Et derrière moi, je ne pouvais ignorer la puissance du corps de M. Wells. Il avait même placé son bras autour de ma taille pour me maintenir en place.

Alors que j'avais chevauché sur les genoux de James auparavant, j'étais cette fois collée contre M. Wells. Je ne pouvais m'échapper. Je ne le voulais pas. J'aimais cette étreinte, l'étrange confort qu'elle diffusait.

Et c'est pour ça que je me considérais comme dérangée. Je ne devrais pas *souhaiter* le sentir contre mon dos. Et je ne devrais pas aimer sentir sa main posée sur mon derrière, pas plus que son menton contre ma tête. Je les trouvais attirants, tous les deux. Ils portaient tous les deux de simples pantalons et chemises, des bottes épaisses et de grands chapeaux pour se protéger du soleil. Ils ne portaient pas de costumes à la mode comme les gens de Butte. Ils étaient des fermiers, purement et simplement.

Les filles de l'école auraient ricané et se seraient pâmées en les voyant. Ils étaient très différents, James était brun alors que M. Wells était blond. Je lui donnais une dizaine d'année de plus que James, peut-être même assez pour avoir l'âge de mon père.

Était-ce cela qui me rassurait ? Le regardais-je comme une femme trouvant un homme séduisant—tout en larges épaules et en mâchoire carrée, avec d'épais cheveux blonds teintés de quelques nuances de gris, des lèvres pleines mais un sourire aimable—mais aussi comme une femme pourrait le désirer à cause de son âge ? Mon père ne m'avait apporté ni confort, ni amour. Il avait été ferme, mais pas de la même manière que M. Wells. Père n'avait jamais levé la main sur moi pour me punir, mais il avait été impitoyable dans ses paroles. Des attaques verbales étaient monnaie courante. Et pas une seule fois il ne m'avait prise dans ses bras ou réconfortée.

Ses intentions étaient à sens unique. Une obsession. Il s'était rendu en ville sous prétexte d'assister à la remise des diplômes mais il m'avait horriblement utilisée, prêt à me marier à l'homme le plus riche de la ville pour régler ses problèmes financiers. Il m'aurait enfermée avec un homme que je n'aurais pas aimé pour payer ses dettes et remplir ses coffres... et certainement pour les vider une nouvelle fois. Il m'aurait abandonnée à mon triste sort, ou serait revenu mais pour demander autre chose. Me saigner à blanc, pas physiquement mais moralement. Il ne se souciait plus de mon cœur depuis bien longtemps.

Mon esprit était embrouillé. Je m'étais disputée avec M.Wells mais je ne pouvais pas faire grand-chose de plus. Il était bien plus grand et je ne faisais pas le poids contre sa force s'il décidait de me prendre lui-même sur ses genoux. Tous les deux étaient contents de me punir, mais à bien y réfléchir, ce n'était pas vraiment pour cette raison que je m'étais laissée tomber sur les genoux de M. Wells. Ils n'avaient pas fait de concession, pas cédé à mes caprices. Sans aucune discussion, ils m'avaient infligé le fruit de leur agacement suite à mes actes. Ils avaient eu raison, je n'aurais pas pu m'enfuir. Et j'avais mal agi. Oh mon dieu, tellement mal agi. Je m'étais mise dans une telle situation. Encore et encore.

Je regardai autour de moi. Il n'y avait nulle part où aller. Que de la prairie à perte de vue. Je savais d'où nous venions, mais je n'avais aucunement l'intention de retourner à Butte. Bon débarras, même si c'était là que se trouvait ma seule chance de gagner de l'argent. Le moyen de me rendre à Fargo. Une fois dans un ranch au milieu de nulle part, comment pourrais-je venir en aide à Ginny et Georgia. À coup sûr, aucun homme de la région n'aurait de quoi m'emmener dans le Dakota du Nord. Et pourtant, je n'avais d'autre choix que de suivre ces deux fermiers, comme je n'avais eu d'autre choix que de finir sur les cuisses de M. Wells.

Je me sentais impuissante. Dominée. Humiliée quand il avait relevé ma robe—stupéfaite de me retrouver le cul nu. Aucun homme ne m'avait vue dans une telle position. Ils m'avaient regardée tous les deux. Et pourtant j'avais volontairement écarté les jambes, il m'avaient vue me débattre, résister, puis m'arrêter. Me soumettre.

Je levai la main sur mon visage, je me sentais tellement gênée, maintenant, soit une heure plus tard. Je pouvais encore comprendre que James souhaite me punir vu que j'avais été cruelle avec lui. Mais j'avais laissé M. Wells me toucher... là ! Je le voulais d'une certaine manière. J'en avais besoin. Et j'avais écarté mes cuisses pour lui, le suppliant de le faire mais sans lui dire.

Comment avais-je su cela ? Comment mon corps avait-il seulement compris ce dont il avait besoin ? Et pourtant, je me demandais... mon corps semblait séparé de mon esprit. Je remuai sur la selle, essayant de soulager le désir qui s'accrochait.

« Tu sens ma grosse queue bien dure appuyer contre ton dos ? » demanda soudain M. Wells. Sa voix portait assez pour que James entende et tourne la tête pour écouter ma réponse.

Je sentais comme il était dur. Tellement dur. Partout. Je ne répondis pas, il savait que je pouvais le sentir.

« C'est toi qui me fais ça. Tu me fais bander. Je

pourrais enfoncer des clous comme ça. » Sa voix était douce, mais aussi profonde et rauque.

Un frisson me parcourut, ainsi je n'étais pas la seule affectée. Mais ces mots étaient-ils un mauvais présage ?

« Je... ce n'était pas mon intention, » répondis-je en me léchant les lèvres. « Vous allez encore me fesser ? »

« Parce que tu nous fais bander ? » demanda James en se rasseyant sur sa selle. Il glissa sa main entre ses jambes et quand il la retira, je vis nettement la silhouette de sa queue dans son pantalon, comme une branche d'arbre. Les parois de ma féminité se contractèrent à cette vision. Et à en juger par les sensations laissées par celle de M. Wells dans mon dos, elle devait être de taille similaire. Oh mon dieu.

« Je présume que tu nous feras toujours bander. Tu penses que c'est mal de ta part de faire exactement ce que nous disons ? » murmura M. Wells, en remuant des hanches pour me pousser en avant. Cela ne fit que faire buter un peu plus ma chatte contre la selle.

« Quelque chose comme ça. Je ne devrais pas ressentir ça. Ces choses, ce désir. » Je ne devrais rien sentir du tout. Je ne pouvais pas être en leur présence, encore moins les épouser. Je devais partir, et c'est à cela seul que je devais penser. Mais je ne pouvais pas. Mon esprit était focalisé sur mon corps et sur ce que ces deux-là lui faisaient ressentir. « Vous auriez mieux fait de me laisser au saloon. »

« Oh non, chaton. » Il roula de nouveau des hanches pour me faire bouger. J'haletai à ce geste, la chaleur qu'il avait dissipée à l'intérieur de moi. « Il n'y a rien qui cloche chez toi. Tu es excitée. Ton corps se languit de te faire baiser par James et moi, de jouir. N'aie aucun doute, tu ne te sentirais pas comme ça pour des hommes en rut qui payeraient quelques sous pour te passer dessus. »

« Tu vois ? » dis-je en tournant la tête pour regarder par-dessus mon épaule tout en commençant à rouler des hanches dans le même mouvement que celui imprimé par M. Wells. Son visage était si proche que je pouvais voir une moustache claire se dessiner sur sa joue. Le bleu de ses yeux. Je me léchai à nouveau les lèvres. « C'est mal, je suis une femme dévergondée. Je ne devrais pas être comme ça. »

« Mais si, » ajouta James en faisant un signe de tête. « Mais avec nous seulement. Nous sommes tes hommes, et bientôt, tes maris. »

Oh mon dieu, mes maris. Je me souvins d'Abigail avec ses hommes devant la maison de M. Grimsby. Elle ne semblait pas horrifiée par ce concept. Au contraire. Elle les regardait tous les deux avec amour. Avec envie, même quand l'un d'entre eux avait parlé de la fesser dès leur retour. Ses hommes lui faisaient-ils ressentir ce que je ressentais en cet instant ? Mon raisonnement était-il erroné ?

Je saisis le pommeau de la selle devant moi et me mis à bouger, les cuisses écartées alors que je chevauchais. Impossible d'arrêter les sensations et bien que je ne sache pas si c'était une bonne ou une mauvaise chose, il fallait que je le fasse. Que je fasse quelque chose. Avec M. Wells appuyé contre moi, mes mouvements étaient réduits. Je ne savais pas exactement quoi faire, comment laisser ces sensations se diffuser à travers moi, comme celles que M. Wells avait éveillées alors que j'étais sur ses genoux.

Ses doigts avaient glissé vers mon derrière et entre

mes jambes et il m'y avait touché, glissant d'une manière qui aurait pu paraitre inconvenante et tellement dévergondée. Cette chaleur. Incroyable. Je n'avais jamais envisagé que les gestes d'un homme puissent me faire perdre la raison. Il avait dit que les filles sages jouissaient. Je ne savais pas ce que « jouir » voulait dire, mais j'en avais tellement envie. Je voulais être une fille sage, leur fille sage.

« Je t'en prie, » gémis-je. De la sueur perlait de mon front bien que d'épais nuages cachent la lumière du soleil maintenant. J'aurais dû me sentir rafraichie par la brise, mais c'était comme si une incendie faisait rage en moi.

M. Wells resserra son étreinte. « Chut…, » susurra-t-il à mon oreille. « Je vais soulager cette envie. »

Sa main glissa sous ma robe, dont le tissu était relevé sur moi vu que je ne chevauchais pas en amazone. James avait retiré ma culotte après m'avoir fessée et ne me l'avait pas rendue, c'est ainsi que M. Wells pût glisser sa main le long de ma cuisse et aller droit sur ma féminité dévoilée.

« Oh ! » criai-je, alors que les mouvements du cheval et de sa main rendaient les sensations encore plus intenses.

« Roule des hanches. Voilà, comme ça. » Il me dit comment bouger, m'aidant même du bras enroulé autour de moi. De haut en bas et même en cercle. Je voulais me frotter contre sa main. Un petit endroit en particulier criait d'envie, gonflant et pulsant d'un besoin inassouvi et la zone où je savais qu'il me faudrait prendre une queue pour faire un bébé—les vagues connaissances que j'avais retenues de mes cours de vie conjugale—ne demandait qu'à être remplie.

J'essayai de me redresser dans l'espoir d'en prendre une mais cela me fut refusé.

« Je t'en prie. J'en ai *besoin,* » j'avais supplié et tourné la tête pour le regarder.

« Tu peux te faire jouir contre ma main, frotter ton petit clitoris bien dur contre ma paume, » répondit-il. Je reconnaissais la tonalité sombre de sa voix. « Tu peux même inonder mes doigts. Mais remplir cette petite chatte vierge est le rôle de James. Sa queue est la première chose qui la remplira. »

« C'est exact, » dit James. Il s'était approché encore plus près et nos jambes se cognaient alors que les chevaux poursuivaient leur chemin sans se soucier de ce qui se passait. « Je vais ouvrir cette petite chatte, Tennessee. Cueillir ta virginité avec ma queue et la faire mienne. »

« Oui, oh oui, je suis d'accord, » dis-je en roulant des hanches toujours plus vite sur la paume de M. Wells. J'ai envie, de me faire prendre par quelque chose de gros et épais. »

Ce que je faisais était si bon, mais d'une manière ou d'une autre, je savais que cela serait encore meilleur avec la queue d'un homme.

« Chevauche la main de Jonah, » ordonna James. « Voilà, comme ça. Quelle gourmande, à prendre son plaisir comme ça. Rien que pour nos yeux. Utilise-le pour soulager l'envie de ta petite chatte. »

Je fermai les yeux et agrippai fermement le pommeau de la selle, remuant et me dirigeant vers le plaisir qui grandissait. Mon souffle devint saccadé alors que je bougeais toute seule, mes hanches oscillant de plus en plus vite. J'étais perdue, sauvage et pourtant je me sentais en sécurité. Avec M. Wells qui m'entourait, et James qui me regardait, je savais que rien ne pouvait m'arriver, que je pouvais faire cela, et le ressentir et qu'il ne me lâcherait pas.

Je me soulevais, me baissais, ondulais, utilisant la main de M. Wells pour mon propre plaisir. Et encore et encore jusqu'à ce que j'halète pour de bon, suppliant d'être libérée, espérant ne jamais avoir à m'arrêter.

« Je crois que je sais pourquoi elle s'est mise dans une telle situation. Les petites chattes excitées rendent les filles un peu folles, » dit Jonah.

« C'est le cas désormais, » répondit James.

« Tu n'es pas une vilaine fille, n'est-ce pas chaton ? » me chuchota Jonah dans l'oreille. « Tu n'es qu'une petite fleur sauvage qui a besoin d'une bonne queue. Ou plusieurs. »

J'haletai encore. C'était vrai ? Était-ce vraiment ça qui m'avait manqué ? Mais si c'était le cas, je devais être ce qu'ils venaient de décrire. « Je suis... c'est tellement bon. J'ai besoin de—»

« Oui, nous savons ce dont tu as besoin, et nous allons te le donner. Maintenant. Toujours, » promit James.

« Jouis, chaton, » dit M. Wells en appuyant sa paume un peu plus fermement. « Laisse-toi aller. Lâche prise. »

J'obéis et fis comme il avait demandé, mon corps tout entier frissonna de plaisir et je criai. Me tordis. Les murs de ma féminité se contractèrent et je sentis une vague humide couler de moi. Mes tétons pointèrent et le frottement de mon corset en devint presque douloureux. La brûlure sur ma peau était devenue chaleur. J'étais perdue, mais fermement maintenue. On me murmurait des mots à l'oreille, me rassurant pour que je me laisse aller.

Je me baignai, savourai, me délectai de la plus délicieuse des sensations puis m'effondrai contre la poitrine de M. Wells pour reprendre mon souffle. Impossible d'ouvrir les yeux, ni de réprimer le sourire qui se dessinait sur mon visage.

C'était ça qui se passait entre un homme et une femme ?

C'était incroyable, et nous l'avions fait sur le dos d'un cheval, tout habillés.

J'en voulais encore. Et encore.

Sa main glissa pour quitter mes cuisses et je soupirai, me languissant déjà de son retour.

Les chevaux poursuivirent leur pas nonchalant et je hasardai un regard vers James. Il me regardait avec des yeux assombris. Je comprenais maintenant ce qu'ils avaient voulu dire. Ce qu'ils désiraient.

Je sentais toujours la longue sensation de la queue de M. Wells dans mon dos et je voyais bien que celle de James était encore plus grosse qu'avant. S'ils ressentaient la même chose que moi, alors ils devaient être désespérés. Bouillonnants même. Bien qu'ils restent calmes. Faisant preuve d'une force de caractère à toute épreuve.

Je remuai pour les regarder tous les deux. « *C'était ça* qui me manquait ? » demandai-je, exprimant mes pensées à voix haute.

M. Wells sourit. « Cela ne te manquait pas parce que tu ne nous connaissais pas encore. *Maintenant* c'est le cas, et je te garantis que tu ressentiras la même chose. »

« Et souvent, » compléta James avant de regarder vers

le ciel. Le vent se leva et je glissai une mèche de cheveu derrière mon oreille.

Ma chatte picotait toujours, mes membres étaient relâchés et souples. Je me léchai les lèvres, j'en voulais plus. J'étais comme un enfant découvrant son premier bonbon. Un coup de langue ne suffisait pas. Maintenant, j'en voulais encore. Encore. J'en avais besoin.

J'entendis M. Wells ricaner :

« Petite gourmande. »

« Maintenant, il nous faut trouver un abri. Un orage s'approche. »

Ils m'avaient distraite du changement de temps, mais maintenant de gros nuages noirs s'accrochaient dans le ciel. Le soleil avait disparu et le vent avait fraichi. Un orage. Nous étions au milieu de la prairie, pas le meilleur endroit pour affronter la foudre.

« Travis Point est juste devant nous. Nous y attendrons la fin de l'orage. »

La main de M. Wells se resserra sur ma taille et ils lancèrent leurs chevaux à grand train.

« Peut-être que je pourrai trouver des moyens de nous faire passer le temps. »

Pour une fois, je n'allais pas les contredire, ni les questionner. Je réglerais mes problèmes plus tard. Maintenant, j'allais suivre ces hommes où ils m'emmenaient, sachant qu'ils veilleraient sur moi et me donneraient ce dont j'avais besoin. Mon dieu, ce dont j'avais envie. Et si c'était aussi agréable que ce que je venais de ressentir, cela me paraissait plus qu'acceptable.

5
___

AMES

L'orage de fin de journée était arrivé sans crier gare, comme souvent. J'aimais d'ordinaire contempler le spectacle du mauvais temps, mais Tennessee nuisait quelque peu à mes capacités de concentration. Et quand elle s'était faite jouir pour la première fois, quand on l'avait vu trouver son propre plaisir, un troupeau de buffles aurait pu nous piétiner que nous n'aurions rien remarqué.

Travis Point était au sommet de la butte et nous y étions arrivés juste avant que la pluie ne commence à tomber. L'église, au bout de l'artère principale était le bâtiment le plus proche et un refuge idéal. Seul le bruit de la pluie sur le toit résonnait et l'intérieur était chaud, après une journée d'été.

Des fenêtres se succédaient sur les deux flancs du bâtiment au toit bombé. L'autel était à l'opposé des portes d'entrée. Des bancs étaient alignés le long de l'allée centrale. Le petit espace servait pour les offices religieux, mais aussi pour les réunions du conseil de la ville. Comme nous étions dimanche et qu'il était l'heure du dîner, nous étions les seuls occupants.

Je sortis un mouchoir de ma poche et relevai la tête de Tennessee pour la sécher. Nous étions mouillés et un brin débraillés, mais je n'aurais pu la trouver plus belle. Ses cheveux ruisselaient et tombaient en longues mèches dans son dos. Elle avait les joues rouges de notre course folle pour nous mettre à l'abri.

Et de son premier orgasme.

Ma queue pulsait dans mon pantalon, mes couilles tellement pleines qu'elles criaient pour être vidées. L'avoir vue sur les genoux de Jonah, voir son pâle petit cul remuer avant de prendre une jolie teinte rosée m'avait ébranlé. Jonah avait accepté, comme je l'espérais, un mariage à la coutume de Bridgewater. Cela m'apaisait. Je ne me sentais pas malade le moins du monde mais les paroles du docteur m'avait rappelé à l'ordre. M'avaient fait réfléchir à ce que je voulais faire de ma vie. Et en cet instant, en attendant la fin de l'orage, je voulais Tennessee. Avec son visage rivé sur le mien, je ne pus résister un instant de plus. Je l'embrassai.

Mon dieu comme elle était douce.

Je déduisis que c'était son premier baiser, et cette idée fit déborder une goutte de sperme de ma queue. Elle ne répondit pas chastement. Elle me sauta littéralement dessus, passant ses bras autour de mon cou pour plaquer ses lèvres contre les miennes.

Je m'interrompis un moment, stupéfait, avant de lui saisir les fesses et de la tenir en l'air. Elle enroula ses jambes autour de ma taille et je souris à son impatience. Le rire de Jonah résonna dans la grande salle.

« Pourquoi tu t'arrêtes ? » murmura-t-elle. « N'arrête pas. »

Je plongeai dans son regard bleu, maintenant embrumé de désir et fis comme elle avait demandé. Je l'embrassai encore.

Elle apprendrait rapidement que c'est elle qui nous obéirait, et pas le contraire, mais je n'allais pas lui refuser un baiser. Je désirais sa bouche autant qu'elle.

Sa poitrine douce appuya contre mon torse, sa chatte contre ma queue. Les épaisseurs de nos vêtements étaient tout ce qui nous séparait de m'enfoncer davantage en elle.

Elle haleta sous tant d'attention et j'en profitai pour utiliser ma langue. Je la léchai, découvrant chaque recoin de sa bouche, lui montrant ce que ce serait bientôt avec ma queue dans sa chatte.

Mais pas ici, pas dans une église vide, avec nos vêtements trempés par la pluie. Elle méritait un lit. Ma future femme méritait d'être prise dans un lit pour sa première fois. Cela ne signifiait pas que j'allais tout arrêter, mais seulement changer ce que nous étions occupés à faire. J'avais attendu deux ans pour ça. *Deux ans.*

Elle roula des hanches et je grognai. Elle gémit.

« Chaton apprend vite, » dit Jonah.

Oui, elle avait vite appris à remuer son clitoris en quête de plaisir.

Je me retirai et caressai ses cheveux tout en gardant

une main sous ses fesses. Ses lèvres étaient gonflées et rouges, tout comme ses joues, et ses yeux voilés.

« James, » murmura-t-elle.

« Qu'y a-t-il, chaton ? demandai-je, j'aimais bien ce petit nom que Jonah lui avait donné.

« Encore. »

Putain, j'aimais la manière dont elle l'avait dit. Ce qu'elle ressentait, tout chaude et docile dans mes bras. Jonah avait raison, on dirait. Pour dompter cette femme, il fallait dompter sa chatte.

Il avait eu l'occasion de la faire jouir. Je n'avais fait que regarder. Et c'était lui qui l'avait fessée. Deux spectacles à couper le souffle mais l'idée d'être celui qui l'emmènerait vers son plaisir, qui éteindrait le feu de son envie dévorante, était puissante. Je nous retournai et marchai vers l'allée et ses rangées de bancs. Arrêtant Tennessee devant le prie-Dieu, je posai mes mains sur ses épaules et la fit pivoter pour qu'elle me tourne le dos.

Ce que nous étions sur le point de faire n'était pas vraiment approprié dans une église, mais c'était sacré pour moi. Tout ce que nous allions faire serait parfait. Et juste.

« Penche-toi en avant, » lui dis-je. Surprise, elle ouvrit grand les yeux, j'ajoutai rapidement, « Pas de fessée. Je vais te donner ce que tu désires *encore* ; sois gentille et penche-toi sur le banc comme j'ai dit. »

« Tu vas... tu vas descendre ton pantalon et me prendre comme tu l'as dit ? »

Je grognai à ces mots osés, elle posait une question qu'une vierge ne poserait pas d'ordinaire. Elle rougit et posa ses yeux tour à tour sur Jonah et moi. Celui-ci grimaça.

« Cette petite chatte ne sera à nous qu'une fois que nous serons mariés. En attendant, nous allons te donner du plaisir d'autres manières. »

Semblant satisfaite de ma réponse, elle fit comme indiqué. Sans question ni résistance, s'installant sur l'assise en bois dur du banc, se pliant en avant pour poser son ventre sur le dessus.

Je relevai sa jupe par-dessus sa taille, dévoilant ses fesses pâles encore rosies de la fessée de tout à l'heure. Pas de culotte, elle était toujours dans ma sacoche.

Avec le pied, je lui écartai les jambes et l'exposai complètement à nos regards. Les lèvres gonflées, les boucles claires qui l'entouraient, la petite perle dure de son clitoris, son excitation qui faisait luire l'intérieur de ses cuisses, et même l'étoile rosée de son cul que nous prendrions aussi un jour.

Je grognai en respirant son odeur aussi douce que musquée. Ma bouche salivait à l'idée de la goûter.

Jonah attrapa sa queue à travers son pantalon et la caressa tout en nous regardant. Tennessee était si belle quand elle se soumettait.

Je me mis à genoux. Lorsque je posai mes mains entre ses cuisses, elle sursauta. Ma queue laissa s'échapper encore un peu de sperme tant l'envie de m'approcher d'elle et de me glisser dans sa chatte était forte. De franchir cette barrière qui nous séparait encore et de la prendre toute entière. Je ne pouvais résister plus longtemps à la goûter, ayant déjà attendu deux ans pour ce faire.

Je posai ma bouche sur elle, laissant crépiter son goût sur ma langue. Elle releva la tête en criant de surprise, et gémit ensuite quand je donnai un coup de langue sur son clitoris. Elle recouvrit mon visage de ses fluides. Mes lèvres, mon front et même le bout de mon nez étaient couverts de son essence parfumée.

Je ne pris pas mon temps, même si je souhaitais découvrir chaque recoin de sa féminité avec ma bouche. Je mourais d'envie de glisser mes doigts dans la douceur de sa fente, sachant que personne ne s'y était encore aventuré, mais ce n'était ni le lieu ni le moment. J'attendrais. Bien que j'aie ma tête entre ses cuisses, j'étais un homme d'honneur et je préserverais celui de Tennessee en attendant. Mais elle saurait déjà à quel point ce serait bon, à quel point nous étions différents des autres. Ma queue resterait de marbre, mes couilles douloureuses et nous veillerions à ses besoins en premier lieu.

Je l'emmenai vite aux portes du plaisir, ses cris résonnant contre les murs épais. Elle était toujours sensible après son premier orgasme assouvi par Jonah sur son cheval—putain, c'était chaud comme la braise— il y a peu de temps. Elle était incroyablement passionnée et insatiable.

Son excitation débordait de sa féminité en ébullition et je la léchai. Doucement, jusqu'à ce qu'elle soit repue.

« Jonah, nous avons là une vilaine fille, penchée par-dessus un banc pour que je lui dévore la chatte. »

Tennessee se redressa et me regarda. Sa robe retomba sur le sol une nouvelle fois mais elle ne semblait pas embarrassée. Elle avait l'air satisfaite et vraiment vilaine.

« Ça t'a plu que James nettoie cette vilaine petite chatte ? demanda Jonah. Il se caressait toujours la queue à travers son pantalon, les yeux rivés sur la scène.

Je me redressai de tout mon long et elle contempla la

silhouette de ma queue. Je mettais les coutures du vêtement à rude épreuve. Je n'avais jamais bandé aussi fort.

« Je ne suis pas la seule à avoir envie, » souffla-t-elle. Elle me regarda de ses yeux clairs. « Tu m'as donné du plaisir avec ta bouche. Je peux faire la même chose pour toi ? »

Je fermai les yeux et grognai à la seule pensée de ses lèvres enroulées autour de moi. J'acquiesçai et elle se laissa tomber à genoux.

Putain.

Elle avait joui deux fois en peu de temps et pourtant, elle en voulait encore. Notre chaton était insatiable et déterminée à donner du plaisir.

Ses petites mains approchèrent de la fermeture de mon pantalon et je reculai, non pour m'enfuir, mais pour venir m'adosser contre le banc. Il me faudrait un soutien si elle poursuivait ce qu'elle avait semble-t-il l'intention de faire.

Elle rampa vers moi—en bon petit chaton—avant que ses mains ne s'agitent de nouveau. « Putain, » grognai-je quand elle ouvrit mon pantalon et en sortit ma queue. Je me sentis libre, gros et lourd, une goutte de fluide clair perla dans la paume de sa main.

À genoux, ma queue n'était qu'à quelques centimètres de son visage et de sa bouche.

« Tu avais déjà vu une queue auparavant ? » demanda Jonah, en venant se placer juste à côté d'elle. Il se pencha pour lui susurrer à l'oreille.

Elle secoua la tête et me regarda. Je n'étais pas petit, loin de là. Sa main ne pouvait faire le tour de la base de ma queue. Une goutte de sperme jaillit et roula sur le gland volumineux et elle haleta.

« Lèche-la, » lui dit Jonah. « C'est tout pour toi. »

Elle sortit sa petite langue rose et attrapa la petite goutte. Je grognai et mes hanches s'agitèrent par réflexe.

Les yeux mi-clos, je la regardai. Elle leva les yeux vers moi, peut-être pour vérifier que ça me faisait du bien. La voir à genoux devant moi, ma queue dans sa main me fit remonter les couilles.

J'avançai une main pour lui caresser les cheveux.

« Ouvre grand et prends-le dans ta bouche. Oui, comme ça. Passe ta langue dessus comme pour une sucette, » la guida Jonah. « Tu es si gentille de prendre la grosse queue de James. »

Jonah et moi n'avions jamais rien fait de tel, jamais pris une femme ensemble. Nous ne nous étions pas vus nus auparavant non plus. Notre intérêt mutuel était Tennessee, rien d'autre. Et le fait qu'il me regarde me faire sucer par Tennessee, par notre femme, me laissait indifférent. C'est la douce succion de Tennessee qui m'emmena vite au bord du plaisir.

Elle gémit avec sa bouche sur ma queue et j'étais sur le point de jouir. J'avais eu la trique toute la journée, ou même depuis deux ans et sa bouche inexpérimentée causerait ma perte.

Jonah recula et s'adossa au mur pour regarder notre femme devenir une bonne suceuse.

Cela ne prit pas longtemps. Putain, j'étais comme un ado en rut.

« Je vais jouir, » dis-je en tirant ses cheveux pour l'attirer davantage contre moi. Elle écarquilla les yeux mais soutint mon regard. « C'est tout pour toi. Avale. »

Je finis par exploser et mes couilles se vidèrent, faisant jaillir ma semence dans sa jolie bouche. Je roulai des hanches en grognant. Elle poussa un petit cri de surprise à la première giclée de sperme, mais je sentis sa gorge l'avaler encore et encore. J'en avais conservé beaucoup pour elle.

Le plaisir était intense et je verrouillai mes genoux pour ne pas tomber au sol. Il était bien possible que j'aie été aveugle l'espace d'un instant, mon cerveau comme éteint. Si mon cœur était en aussi mauvais état que l'avait dit le docteur, il se serait arrêté. Mais quelle fin incroyable.

« Putain, » grondai-je, en la caressant alors que je finissais, ma dernière goutte de sperme atterrissant sur sa langue. Elle me lécha comme je l'avais fait pour elle, nettoyant ma grosse queue de toute trace de ma semence. Elle s'assit en me regardant, toute douce et... incroyable. Sa nature sauvage et impétueuse de tout à l'heure avait laissé place à la plus douce des satisfactions. Je caressai ses cheveux et passai le revers de ma main contre ses joues rouges.

« Et Jonah ? » demandai-je. « En tant qu'épouse, tu dois nous satisfaire tous les deux. »

Elle tourna la tête vers lui. Il avait sorti sa queue et se caressait. Il avait l'air calme et posé contre le mur, mais je savais qu'il n'en était rien. Ses couilles devaient le faire souffrir tant elles avaient besoin d'être vidées.

Par Tennessee.

Elle rampa sur le sol vers lui, les yeux rivés sur sa main qui se déplaçait sur la longueur de son membre. « Monsieur ? » demanda-t-elle avec un sourire rusé.

« Putain, » murmura-t-il, en réagissant à ce seul mot.

Je bandai à nouveau rien qu'à la regarder, la voir se soumettre. Je réfrénai mon envie et rangeai ma queue dans mon pantalon. C'était au tour de Jonah.

Elle s'arrêta juste devant lui, s'assit sur ses talons et posa sa main sur la sienne, apprenant comment il aimait se caresser. Elle sortit sa langue et en lécha la pointe. Je n'oublierai jamais cette vision de Tennessee donnant du plaisir à Jonah.

La porte de l'église s'ouvrit, nous faisant sursauter.

Je me redressai du banc où je m'étais affalé et Tennessee arrêta net ce qu'elle était occupée à faire. Seul Jonah ne manifesta pas de réaction à cette arrivée inopinée du prêtre. Le vieil homme, que j'avais rencontré à plusieurs occasions ces dernières années, entra et observa la scène. La pluie tombait toujours derrière lui et on entendait toujours l'orage au loin.

Bien que Jonah et moi n'avions aucun problème avec ce que nous étions en train de faire, nul doute que l'homme d'église n'apprécierait pas. Jonah avait sa queue sortie, toute luisante des premiers coups de langue, juste en face de Tennessee à genoux.

« Révérend, mais qu'est-ce-que vous faites là ? » lui demandai-je en m'avançant et en prenant la main de Tennessee pour qu'elle se relève. Jonah rangea son membre et referma son pantalon.

C'était une question stupide, c'était son église. Nous étions les intrus, mais j'étais sûr que nous étions les bienvenus car nous nous mettions à l'abri de l'orage.

Je ne pensais manifestement pas encore avec toute ma tête, toujours sous le coup de la bouche avide de Tennessee. Jonah ne dit pas un mot.

Le prêtre était un homme de foi, mais il avait aussi un

sens pratique. Il avait l'habitude des déviances du monde et de la rudesse du Territoire du Montana. Bien qu'il soit peu probable qu'il me condamne à l'enfer, il ne manquerait pas de vouloir officialiser les actes de Tennessee.

Ce qui était mon intention depuis le début, mais pas avec Jonah. Putain, c'est Jonah qu'on avait surpris le pantalon baissé. Pas moi. Je doutais que le prêtre ait eu vent de la coutume de Bridgewater et je doutais qu'il daigne me croire si je lui en parlais.

Je jetai un œil à Jonah, qui m'offrit un petit haussement d'épaules, il était loin de paniquer. Que pouvait-il faire d'autre ? Tennessee gardait les yeux baissés en s'essuyant la bouche du revers de sa main.

« James, quel plaisir de te voir, même en de pareilles... circonstances. Jonah aussi. J'allais vous répondre que je venais préparer mon sermon de dimanche prochain, » dit le prêtre. « Mais après ce que je viens de voir, je pense que la réponse est évidente. Jonah va se marier. »

6

ENNESSEE

Mes oreilles bourdonnaient de la déflagration, même si j'avais eu le réflexe de me couvrir les oreilles. Je me tenais là, les yeux écarquillés, incrédule. Il l'avait tué. Je n'avais jamais vu la mort auparavant, mais je savais que toute vie allait quitter mon père. D'une seconde à l'autre. La blessure en plein milieu de sa tête avait d'abord saigné, et puis son souffle saccadé s'était arrêté, tout comme la tache rouge qui s'était répandue sur sa chemise. Ses yeux, du même bleu que les miens, fixaient le plafond.

« Tu veux être la prochaine ? » demanda-t-il en tournant la tête vers moi.

J'avais trouvé M. Grimsby attirant. Au début. Mais maintenant, son apparence physique ne pouvait masquer le diable qui se cachait en lui.

Je secouai la tête.

« Alors, tu ferais bien d'espérer que ton amie balafrée revienne rapidement, et avec un bon paquet de pognon. » Il fit un signe de tête à un de ses sbires.

Nous étions dans son bureau, où l'opulence d'un propriétaire d'une mine de cuivre était partout autour de nous. Mais ce n'était qu'une illusion, tout comme la manière dont mon père m'avait présentée. Il n'était qu'un menteur, tout comme moi. Je n'étais pas une héritière des chemins de fer. Je n'étais même pas une héritière tout court.

« Va à Fargo. Trouve Georgia et Virginia Bennett. Tue-les si tu n'as pas de nouvelles de moi. »

Ses mots m'avaient fait réagir. « Quoi ? Non ! » criai-je en m'approchant avant de réaliser que je n'avais aucune envie de l'approcher. « Mes sœurs n'ont rien à voir avec ça ! »

Le coin de sa bouche s'agita. « Maintenant, si. » dit-il à son homme de main qui acquiesça avant de quitter la pièce.

Je m'assis en sursautant, le cauchemar était encore prégnant, les mots de M. Grimsby résonnant dans ma tête. Je m'étais endormie, mais je n'avais aucune idée d'où je me trouvais, la pièce n'était illuminée que par la lueur argentée de la lune. Ma peau était trempée et je sentais mon pouls battre contre mon cou.

Je n'étais pas seule. Quelqu'un à côté de moi remua et posa sa main sur mon bras. Je criai.

« Tout doux, chaton, » dit une voix profonde.

Chaton.

James. Il était au lit avec moi.

Tout me revint. La fuite de chez M. Grimsby, le saloon

à Butte, James et M. Wells. Non, pas M. Wells, *Jonah*, vu que je l'avais épousé.

Surprise à genoux devant Jonah pour lui faire... oh mon dieu, de vilaines choses, nous n'avions eu d'autre choix que de nous marier. Cela avait été leur intention depuis le début mais cela avait manifestement précipité les choses.

J'avais à peine pu soutenir le regard de Jonah, et encore moins celui du prêtre qui m'avait surprise avec la queue de Jonah dans ma bouche. J'avais été pire que mortifiée ! J'avais repensé à la sensation laissée sur ma langue, à son goût, différent de celui de James, sa taille au moment où le prêtre avait fait irruption. J'avais le goût de la semence de James sur la langue mais la queue de Jonah dans ma bouche.

J'avais été tellement vilaine. Et pourtant, ils ne m'avaient pas fessée pour cela. Ils ne m'avaient pas grondée. Tout le contraire. Ils m'avaient câlinée et caressée comme le surnom qu'ils m'avaient donné. Je ne m'étais jamais sentie comme ça. Comme si nous avions une connexion plus profonde que tout ce que j'avais pu connaitre auparavant.

Et je m'en délectais. Je la savourais, ainsi que le plaisir de leurs actions.

Jusqu'à l'arrivée du prêtre. Ensuite... j'avais été mariée. J'avais dit à James et à Jonah que je voulais donner mon avis. Nos actions—y compris les miennes parce que j'avais autant envie qu'eux—avait dissipé tout ça. Nous étions mariés. Point barre.

La cérémonie avait été brève et nous avions quitté l'église dès la fin de l'averse. James m'avait tenue sur ses genoux pendant tout le trajet vers son ranch. James, pas

Jonah, la preuve de leur intention d'être tous les deux mes maris. J'avais dû m'endormir en chemin—la journée avait été longue—et ne me souvenais pas être arrivée, ni avoir été portée au lit, ni même que James se soit installé à côté de moi.

J'essayai de reprendre mon souffle, de calmer mon cœur battant alors que James me prenait dans ses bras où j'étais heureuse de me lover. Il m'avait gardée sur ses genoux pendant le retour à cheval mais là c'était différent. Nous étions dans un lit et son étreinte n'était pas destinée à m'empêcher de tomber de l'animal. Il me voulait dans ses bras. Il m'offrait du réconfort et je le prenais, comme une plante accepterait de l'eau après une longue sécheresse. Je ne me souvenais pas de la dernière fois où je m'étais sentie câlinée et rassurée. C'était si bon et j'en avais envie autant que de leurs gestes charnels.

Une vague de culpabilité me traversa. Méritais-je seulement toute cette affection ? J'avais commis tellement d'erreurs, certaines impactant James lui-même, et il me réconfortait. *Moi !* La femme qui l'avait fait frapper au visage jusqu'à lui faire perdre connaissance. Celle qu'il désirait épouser, et qui avait fini par épouser son ami à sa place.

Et voilà que je me trouvais dans ses bras. Son désir pour moi était-il inconditionnel ?

« Je suis désolée, » dis-je.

« De m'avoir réveillé ? »

Je secouai la tête et levai les yeux pour le regarder. Il faisait trop sombre pour distinguer plus que sa silhouette, mais je voyais son œil au beurre noir. Je posai une main sur sa joue en disant. « Pour ça. Je... je ne voulais pas que tu sois blessé. »

Il soupira. « J'avoue avoir mal géré la situation. Je comprends maintenant pourquoi tu étais réticente. »

Il ne s'excusa pas pour la fessée. Je l'avais méritée. Le plaisir qu'ils m'avaient donné juste après révélait qu'ils ne voulaient pas juste se montrer... méchants. Leur punition était méritée et pleine de bonnes intentions. L'orgasme qui lui avait succédé était peut-être leur manière de s'en excuser. La porte de la chambre grinça en s'ouvrant et M. Wells... *Jonah* apparut, me tirant de mes pensées. Il tenait une lampe à pétrole dont la pâle lueur réchauffait la pièce, faisant naitre de grandes ombres, que mon mauvais rêve rendait inquiétantes.

La pièce était grande mais spartiate. Le lit était en bronze, la couette vert foncé et bleue. Les murs étaient peints en blanc et je savais qu'avec deux fenêtres sur le même mur, la pièce serait lumineuse dans la journée. Elle n'avait rien à voir avec la demeure de M. Grimsby. Celle-ci était... simple. Presque austère.

« J'ai entendu crier. Tout va bien ? » demanda Jonah, en faisant le tour du lit pour s'asseoir, de sorte que je me retrouve entre eux deux. Il posa la lampe à huile sur la table de chevet et tourna la tête pour me faire face. Tous les deux étaient inquiets pour moi.

Mon dieu, comment avais-je pu me tromper à ce point-là ? J'avais été tellement aveuglée par les désirs de mon père que j'avais perdu de vue les miens.

« Tu as rêvé de ton père ? » ajouta-t-il.

Je ne pouvais pas nier.

« Je suis désolé qu'il ait été tué, » dit-il.

Je pensais à mon père, à ce que je ressentais suite à sa mort.

« Mon père n'était guidé que par la folie du jeu. Il

avait trop de dettes. Il ne me voyait que comme un moyen de les solder. »

« En te mariant à un homme riche, » dit Jonah.

« Oui, pour l'argent et certainement pas par amour. » Je soutins le regard de Jonah. « Et comme vous le savez, ce projet s'est terminé de manière catastrophique. » Je voyais dans ma tête le corps de mon père étendu sur le tapis de M. Grimsby. « Il ne m'aimait pas. Il ne m'a jamais aimée. Il m'a envoyée à l'école pour parfaire mon éducation car il essayait de me placer auprès d'un riche magnat du cuivre. Je suis navrée qu'il soit mort, mais je suis soulagée d'en être débarrassée. »

« Il t'a utilisée de manière ignoble, » répondit James. « S'il était en vie, je l'aurais tué encore une fois. »

Ces mots, bien qu'ils appellent une part de danger, me réchauffèrent le cœur. James m'aurait protégée, même de mon propre père. Je me sentais... bien. Heureuse même, tant le réconfort qu'il apportait était agréable. Qu'il soit en colère, non pas contre mais pour moi. Pour la première fois, je réalisai à quel point j'étais heureuse de les avoir à mes côtés tous les deux. J'étais en sécurité. Je n'étais pas dans la grande demeure de M. Grimsby. Il n'y avait pas d'homme de main. Personne ne s'en prendrait à moi ici, pas seulement au ranch Carr, mais surtout entre Jonah et James.

« C'est toi que j'ai épousé, alors pourquoi... pourquoi suis-je au lit avec James ? » demandai-je.

James se raidit un moment mais m'embrassa sur le dessus de la tête, en me serrant contre lui. « Tu es peut-être légalement mariée à Jonah, mais tu es tout de même à moi. Je me considère comme ton mari même s'il a prononcé ses vœux. En fait, notre intention était que tu sois légalement unie à moi à la place, mais il m'a manqué quelques minutes pour que cela se passe comme prévu. Cela importait peu au prêtre que ce soit ma semence sur ta langue et dans ton ventre, il n'a vu que la queue de Jonah dans ta bouche. »

Je regardai Jonah, qui ne semblait pas contrarié le moins du monde que je sois dans les bras de James, bien que ce soit moi qui me sois tenue près de lui devant le prêtre. Ils étaient inflexibles sur le fait que je leur appartenais à tous les deux et que je sois dans le lit de James était peut-être un moyen de le prouver. Cela me demanderait un temps d'adaptation pour que j'accepte cette idée. J'étais mariée. C'était tout ce que mon père avait souhaité pour moi. Sauf qu'ils n'étaient pas riches. C'étaient des fermiers, je ne pouvais pas leur demander d'argent pour aller à Fargo, ils en avaient besoin pour les provisions. Sans compter ce que j'avais fait à James quand nous étions à Butte, je doutais qu'ils me laissent quitter leur champ de vision, alors de là à voyager seule dans le Dakota. Ils m'avaient vue me mettre dans une telle situation... en une seule journée... je ne les voyais pas me laisser courir après le dangereux individu qui voulait s'en prendre à mes sœurs.

James passa sa main dans mes cheveux, un geste aussi doux qu'apaisant. Le jour n'était pas levé et j'étais au lit avec mes maris. Maris ! Je me regardai.

« Pourquoi je suis toujours habillée ? » demandai-je, confuse.

Je portais toujours le vêtement que j'avais enfilé chez M. Grimsby. Oh, il s'était passé tant de choses. Pas étonnant que je me sois endormie. Était-ce parce qu'au plus profond de moi, j'avais senti le corps de James contre moi et m'étais sentie tellement en sécurité que j'avais dormi pour la première fois depuis une semaine ?

« Nous n'avons pas eu notre nuit de noces, » commenta James.

« Oui, un jeune époux aime que sa femme soit réveillée quand il découvre son corps pour la première fois, avant de la conquérir, » ajouta Jonah.

Il ne portait... oh mon dieu, que son pantalon. Pas de veste, ni de chaussures, ni de chemise. Son corps était fin, mais musclé. Des poils sombres sur sa poitrine descendaient en une ligne fine vers le dessus de son pantalon dont la fermeture n'était pas attachée, comme s'il s'était habillé à la hâte.

Je n'avais jamais vu un homme partiellement habillé auparavant. J'avais vu leurs queues à tous les deux, je les avais même eues dans la bouche, mais ils étaient restés complètement habillés tout le temps.

Je me tournai pour regarder James. Il était allongé contre moi, appuyé sur un coude, l'un comme l'autre sur la couverture. Lui aussi, ne portait que son pantalon. Si Jonah était blond, James était brun. Les poils de ses bras semblaient presque noirs dans l'obscurité, sa peau bronzée. Ils étaient des fermiers endurcis. Des cowboys. J'avais déjà entendu les ordres sèchement prononcés de Jonah, la fessée qu'il m'avait donnée, et pourtant son geste avait été doux quand il m'avait emmenée jusqu'à l'orgasme.

Je rougis furieusement en me souvenant comme j'avais été dévergondée. J'avais supplié d'en avoir plus et ils me l'avaient donné.

Je ne m'étais jamais sentie comme ça et je ne parlais même pas du plaisir très décadent de tout à l'heure, comme si ces deux-là avaient libéré quelque chose que je n'avais même pas imaginé avoir en moi. Je n'avais jamais eu conscience de mes troubles. Je n'avais jamais pensé à ce qui était approprié. Je n'avais pensé à rien sauf à exécuter les ordres de Jonah et James. Et bien que j'aie passé la journée à résister à cette contrainte, cela m'avait rendue plus forte.

M'avait libérée.

Nous n'étions plus à Butte. Ni dans une église. Personne ne nous dérangerait. Les deux hommes avaient dit qu'ils ne me conquerraient pas avant que nous soyons mariés. Ce moment était venu.

J'avais imaginé comment cela serait d'être avec mon mari, comment il me monterait dessus pour se glisser en moi. À l'école, plusieurs de mes amies en avaient parlé à demi-mots, mais aucune d'entre nous n'avait la moindre idée de comment cela pourrait se dérouler entre un homme et une femme. On avait parlé de sentiments, mais jamais de plaisir.

Mais après nos... activités d'hier, être avec un homme dépassait tout ce que j'avais pu imaginer. Apparemment, cela pouvait dépasser le cadre d'un lit. Ce n'était pas une activité nocturne, dans l'obscurité. Et dans mon cas, cela ne se déroulait pas avec un seul homme.

Il faisait encore sombre. C'était toujours ma nuit de noces. Je ne pouvais oublier ce qu'ils me faisaient ressentir, comment ils me regardaient, me parlaient, se comportaient.

Je me souvins de la manière dont j'avais pris la queue de James dans ma bouche. Cette sensation douce et chaude sur ma langue, elle était si grosse et m'avait fait ouvrir si grand la bouche. Le parfum musqué de cette quantité de semence acidulée que j'avais avalée. Alors que j'étais à genoux, il avait emmêlé ses mains dans mes cheveux pour me guider comme il le voulait. Le calme et l'envie dans le regard de Jonah quand j'avais commencé à lui faire la même chose, jusqu'à ce que nous soyons interrompus.

Non, j'étais une femme *mariée*. Et bien que ces deux hommes n'aient pas le compte en banque florissant que mon père convoitait, ils avaient cette gentillesse. Cet honneur. Sans le danger qui planait sur Ginny et Georgia, toute inquiétude matérielle se serait déjà envolée.

Mais je ne pouvais rien faire pour l'une ou l'autre en cet instant.

M'être mariée n'allait pas changer, c'était pour toujours. *Toujours*. Serait-ce si terrible d'être mariée à James et Jonah ? Ils étaient gentils, quoique quelque peu autoritaires. Honorables. Séduisants. Je ne l'oublierais pas. Et ils me désiraient, manifestement. Complètement.

Je regardai le couvre-lit en patchwork et me mordis la lèvre. « C'est toujours notre nuit de noces, et... je suis réveillée maintenant, » dis-je.

Un grondement jaillit de la poitrine de James comme un rugissement. Je le regardai avec ses yeux sombres, sa mâchoire serrée. Son œil au beurre noir le rendait soudain encore plus viril et cela aggrava ma culpabilité. Jonah, si grand et large, se leva et tendit la main. Je la pris et il m'aida à descendre du lit pendant que James allumait une seconde lampe à huile qui illumina la pièce.

J'étais pieds nus sur la fraicheur du parquet.

En baissant les yeux, je vis soudain... oh mon dieu !

Le bout de la grosse queue de Jonah qui dépassait par la fermeture ouverte de son pantalon.

J'haletai et Jonah me releva la tête avec son doigt. Il me fixa de ses grands yeux clairs et sourit. Il avait quelques rides et quelques cheveux blancs sur ses tempes parmi ses cheveux de la couleur des blés, me rappelant notre différence d'âge. Mais, là, en cet instant, peu importait. Je le désirais et il n'y avait aucun doute qu'il me désirait en retour.

« Ne joue pas la timide avec nous, chaton, » murmura-t-il, me rappelant comme je m'étais montrée aventureuse auparavant. Ses mains se posèrent sur les boutons du haut de ma robe et il s'appliqua à les défaire un à un jusqu'à l'ouvrir assez pour qu'elle glisse le long de mes épaules.

Il s'arrêta et s'assit sur le bord du lit qui grinça sous son poids. James s'assit et ils se retrouvèrent tous deux à me regarder. Des hommes aussi virils que séduisants et dont les silhouettes se découpaient dans la lueur des lampes. Des cheveux ébouriffés, des chairs fermes et deux grosses queues. Toutes à moi.

James releva la tête révélant son œil au beurre noir.

« Montre-nous, chaton. Nous voulons tout voir de toi. »

Ses mots étaient séduisants. Attirants. La manière dont ils me regardaient était... enivrante. Mes tétons pointaient sous mon corset et ma chatte... je la sentais déjà mouillée pour eux. Mon corps était en surchauffe et mon univers venait de se réduire à la chambre.

Je retirai ma robe d'un coup d'épaule et la fis glisser le long de mes bras. Elle s'accrocha à ma taille et je la fis descendre jusqu'à ce qu'elle atterrisse au sol. Je ne portais en dessous que mon corset, ma chemisette et mes bas. Je n'avais aucune idée d'où avait bien pu passer ma culotte.

Jonah ouvrit complètement la fermeture de son pantalon, laissant tomber sa queue dans sa main. Il commença à la serrer dans son poing, de sa base jusqu'à son extrémité tout en me dévorant des yeux.

Je le détaillai, de ses bras saillants aux muscles découpés de son abdomen, les petits tétons sur sa poitrine, la barbe sur son menton. Et même ses cheveux ébouriffés. Cet examen attentif du corps de Jonah m'avait distraite de ce qu'il faisait, et de son acharnement contre mon corset. Il vint bientôt rejoindre ma robe à mes pieds. Mes cheveux furent défaits et retombèrent dans mon dos. Ma chemisette était blanche et si fine qu'on pouvait presque voir au travers. Cela n'avait jamais eu vraiment d'importance jusqu'en cet instant. Je n'avais pas besoin de les regarder pour savoir que mes tétons pointaient au travers du tissu fin, leur couleur un ton plus foncé. Et plus bas, je ne doutais pas qu'ils puissent deviner ma chatte.

J'étais nerveuse car aucun homme ne m'avait jamais vu ainsi. Bien qu'ils m'aient déjà intimement touchée auparavant, j'étais restée habillée. Cela était très différent. Je ne me contentais pas de recevoir du plaisir ou une punition, je m'offrais à eux.

D'un seul geste, je retirai ma chemisette et la lançai sur le sol. J'étais nue à l'exception de mes bas. Mon cœur battait et je ne respirai que par petits halètements. J'attendais.

Et mes hommes restaient à regarder. Encore. Même Jonah avait cessé le mouvement de sa main sur sa queue.

« Putain, » murmura James. Enfin, il vint s'asseoir sur le lit près de Jonah et me fit signe d'approcher.

Je fis les deux pas qui nous séparaient. Les deux hommes étaient assis, mes seins arrivaient à hauteur de leurs yeux.

James s'éclaircit la voix. « Tu as de la chance, chaton. Tu as deux maris. »

« Oh ? » Le son était à peine perceptible à mes oreilles et je respirai leur odeur si masculine, observai leurs muscles tendus et la barbe sur leurs joues.

« Deux bouches pour suçoter tes seins, » commenta James juste avant de se pencher pour prendre un téton entre ses lèvres.

Jonah l'imita et la douce succion m'arracha un petit cri. Cette sensation était différente, ils me léchaient de différentes manières mais c'était si charnel, si déviant que je gémis. Je n'avais aucune idée qu'un homme pouvait mettre sa bouche ici. Et sucer. Mordiller. Tirer.

Je posai la main sur le dessus de leurs têtes, leurs cheveux soyeux s'enroulant autour de mes doigts.

« N'arrête pas ! » criai-je alors que Jonah prit mon sein dans la paume de sa main.

Ils ne répondirent pas et continuèrent à... jouer. Je savais reconnaître un orgasme maintenant et cela n'arriverait pas par la seule force de leurs attentions dirigées contre mes seins. J'étais excitée, poussée aux portes du plaisir, mais cela ne me donnerait pas la plénitude dont j'avais besoin. Mais cela fonctionnait et me faisait bouillonner. Ils jouaient. Voulaient-ils me rendre folle autant qu'ils l'étaient déjà pour moi ?

J'avais perdu la notion du temps quand ils levèrent la tête. J'avais ébouriffé leurs cheveux entre mes doigts et leurs yeux étaient brillants de désir. Ils étaient si différents tous les deux, tant en apparence qu'en attitude. Ils étaient comme le jour et la nuit, et je les désirais l'un comme l'autre. Ensemble, ils cumulaient ce dont j'avais besoin.

Jonah défit le petit ruban qui maintenait mon bas. « Deux hommes pour t'aider à faire ça. »

James défit le second et ils les descendirent le long de mes jambes.

J'étais maintenant nue.

James passa une main autour de ma taille et m'attira contre lui tout en s'allongeant sur le dos. Nous nous étions embrassés à l'issue de la cérémonie, un bref et chaste baiser mais rien à voir avec celui-ci. Sa langue était plongée dans ma bouche et il s'y abreuvait comme si j'étais source de toute vie.

J'étais sur lui, mes seins appuyés contre sa poitrine dure, mes jambes écartées autour d'une des siennes. Ma chatte frottait contre sa cuisse et je la chevauchai comme avec Jonah sur le cheval.

Une main glissa le long de mon dos, puis de mon derrière. Ce dernier s'agita tout seul, demandant toujours plus maintenant qu'il savait ce que des doigts pouvaient faire. Jonah.

Les mains de James planaient également au-dessus de moi, comme s'ils me découvraient tous les deux. Ce je ressentais, comment je réagissais.

« J'envisageais de prendre mon temps avec toi, d'arriver au-dessus de toi et d'ouvrir doucement cette petite chatte, » dit James, avec des mots rudes. Ses mains vinrent se poser sur mes hanches et me serrèrent.

« Je t'en prie, » suppliai-je, sentant à quel point il était dur contre mon ventre. Je le voulais. Je souhaitais qu'il me remplisse. Les mains de Jonah ne me suffisaient pas. Les gestes de James non plus. J'en voulais plus. Je voulais tout.

James me souleva pour me mettre à califourchon sur lui. Je le regardai ouvrir son pantalon et le descendre juste assez pour se libérer. Sa queue, celle que j'avais sucée et qui avait déversée dans ma bouche tout cette semence, pointait droit vers moi. Longue et grosse, je me demandai comment elle avait bien pu rentrer dans ma bouche, et encore plus comment elle pourrait bien rentrer dans ma chatte.

« Je rentrerai, » répondit-il comme s'il lisait dans mes pensées. « Grimpe, chaton. Oui, comme ça. Oh mon dieu, tu m'inondes tellement tu as envie. »

Je sentis son gros gland à l'entrée de ma chatte où il appuyait légèrement. Je me resserrai déjà tant j'en voulais plus.

« Putain, » grogna-t-il en attrapant mes hanches pour me faire descendre sur lui.

J'étais mouillée ce qui facilitait son entrée, mais il était gros, et j'étais vierge. Je sentais mon corps s'ajuster pour l'accueillir.

J'haletai en ressentant sa queue et il me releva doucement avant de me laisser redescendre. Je tombai en avant et posai mes mains sur sa tête. Mes cheveux formaient un épais rideau entre nous. Bien que nous ayons ainsi l'impression d'être seuls, ce n'était pas le cas. Je sentais la présence de Jonah dans mon dos, sa main caressant mon derrière et mon dos alors que la queue de James pénétrait un peu plus dans ma chatte.

Je grimaçai en sentant céder ma virginité et je le laissai glisser d'un coup en moi, toute résistance envolée.

Il grogna. J'haletai. Je me contractai, l'enserrai, m'ajustai jusqu'à être complétement remplie.

Jonah fit glisser mes cheveux d'un côté, exposant l'arrière de mon cou. Je sentis son corps chaud alors qu'il se penchait pour m'y embrasser.

« Chaton, regarde-toi prendre la queue de James comme une grande fille, » loua-t-il. « Mais ce n'est pas tout, tu me prendras aussi. Là. »

Son doigt appuya contre l'entrée de mon cul et mes yeux—que je n'avais même pas conscience d'avoir fermés—s'ouvrirent d'un coup.

« Monsieur ! » criai-je.

Bien que Jonah ait réservé ce titre pour mes punitions, j'aimais l'appeler ainsi quand je recherchai ses conseils. Il était plus âgé, plus expérimenté. Ses mots, que ce soient de vives réprimandes ou de délicieux compliments m'apaisaient. Même en cet instant, avec son doigt glissant qui tournait autour de ma zone interdite jusqu'à... y entrer, car je l'avais laissé faire. Il ne me faisait pas de mal, et jusqu'alors, ne m'avait fait que du bien, même pendant la fessée. La position de son doigt était tellement... dominatrice. Je ne pouvais pas paraître plus vulnérable. Avec deux hommes. Et pourtant, c'était ce dont j'avais envie.

Je regardai James qui souriait. De la sueur perlait de son front et je sentais la ferme prise de ses mains sur mes hanches, je savais qu'il était heureux. Il était profondément enfoui en moi, exactement comme il le désirait. Et Jonah ne voulait pas se sentir en reste.

Quand il enfonça son doigt glissant en moi,

m'écartant à cet endroit si particulier, j'haletai. Je criai, même. Enserrai son doigt. Oh que cela semblait étrange. Mais *tellement bon.*

« Putain, elle est sur le point de me faire jouir, et elle n'a même pas encore bougé, » grogna James.

« Elle va aussi se prendre une bonne bite dans le cul. Pas aujourd'hui pour sa première fois. Elle aura mon doigt pour l'instant. Chevauche tes hommes, chaton. »

Je ne savais pas ce que voulait dire Jonah, mais James me souleva un peu, avant de me laisser retomber.

« Oh, » soufflai-je.

« Encore, » dit James, mais c'est moi qui répétai le geste cette fois-ci. En me soulevant de la queue de James et du doigt de Jonah, je me sentais vide. Je me laissai vite retomber pour les reprendre tous les deux jusqu'à la garde.

Les sensations combinées de plénitude et de subtile douleur due à mon inexpérience me donnait envie de plus. J'aimais ça. J'en voulais encore, tout comme j'avais eu envie de leur main et de leur bouche quelques heures plus tôt.

« C'est ça baiser ? C'est ça que tu aimes ? » demandai-je en commençant à bouger, de haut en bas, en cercle, utilisant mon corps pour son propre plaisir.

« C'est ce que j'aime, » grogna James en roulant des hanches alors que je descendais, faisant claquer sa peau trempée contre la mienne pendant que nos souffles courts se mêlaient également.

Et derrière moi, Jonah continuait de bouger son doigt dans le plus intime de mes trous, de plus en plus profondément jusqu'à ce qu'il puisse rester immobile pendant que je le chevauchais. J'étais doublement pénétrée et on peut dire que j'adorais ça.

« Je... je vais jouir. Oh mon dieu. »

Je succombai encore au plaisir. Incroyable et totalement différent de la première fois. Ils m'avaient menée jusqu'à l'orgasme, mais j'étais vide alors.

Alors que maintenant, oh mon dieu, maintenant, ils me remplissaient tous les deux. Je les avais laissés me prendre, et pas juste physiquement. J'avais aussi accepté qu'eux seuls pourraient me faire ça. Je me sentais perdue, euphorique. Heureuse. Ils ne prenaient rien. Moi non plus. Nous donnions autant que nous recevions. Tous ensemble.

Je jouis en criant mais aucun son ne sortit. Il resta coincé dans la tension de mon corps.

James grogna et son corps se raidit sous le mien, sa queue enfouie profondément. Je la sentis pulser, et me remplir de chaudes salves de sa semence. Pour me marquer avant qu'elle ne s'échappe.

Jonah retira son doigt de mon cul, les sensations laissées me firent palpiter encore un peu.

Une main revint encore autour de ma taille pour me soulever de la queue de James et me retourner sur le lit. James se leva tandis que Jonah s'approchait de moi, se pencha pour croiser mon regard. Il lui restait à trouver son propre plaisir, et à m'en offrir encore.

« Tu as aimé que je sois dans ton cul ? » demanda-t-il.

La vérité était manifeste. Je ne pouvais mentir, alors j'acquiesçai.

« Bientôt, ce sera ma queue. »

Je gémis à cette idée en sentant la semence de James couler de moi, maculant mes cuisses. Mon derrière picotait, me rappelant ce que Jonah y avait fait. Je regardai son corps. Son corps nu. Je ne l'avais pas vu retirer son pantalon, mais c'était un spécimen bien viril. Sa queue pointait droit sur moi et les poils clairs que j'avais vu disparaitre sous sa ceinture formaient une toison à la base de sa queue en érection.

J'écartai les cuisses pour lui, sachant ce qu'il allait faire. J'en avais aussi envie. J'avais déjà joui mais j'en voulais encore. Il semblerait que je n'en aurais jamais assez avec eux. Et même si cette pensée me terrifiait, elle me donnait tout autant envie.

« Baise-moi, Jonah ! »

7

Jonah

« Pourquoi va-t-on à Bridgewater mais pas chez ta sœur ? » demanda Tennessee à James alors que nous chevauchions vers la maison de Kane et Ian.

Notre intention était de rendre visite au groupe autour du repas de midi, mais nos ébats du milieu de la nuit nous avaient retardés. Après qu'elle ait prononcé ces mots doux, *baise-moi, Jonah*, c'est ce que j'avais fait, m'enfonçant en elle jusqu'à en perdre la raison.

Tennessee était ma femme. *Ma femme*. Pas celle de James. La mienne parce qu'on m'avait surpris le pantalon baissé. C'était une résurgence de ma vie vingt ans plus tôt, marié par embarras. Cette fois, pourtant, j'étais coupable. Cette fois j'étais volontaire pour en payer le prix. Je bandais pour elle. Je voulais la baiser et la remplir. La garder. Mais c'était à James de s'unir officiellement à elle. C'était son désir depuis le début. Son *projet*. Je ne devais être que le mari « bonus », un autre mâle. Mais en un clin d'œil, en un coup de langue sur ma queue, elle m'avait été attribuée.

Je m'étais rendu à Butte la veille pour aider mon ami à retrouver sa sœur qui jouait les sauvages. Et aujourd'hui, j'étais marié.

Ça avait été impossible d'expliquer au prêtre que c'est James qui devait l'épouser officiellement alors que c'est *ma* queue qui s'était retrouvée dans la bouche de Tennessee. Je doutais que l'homme de foi ait entendu parler de cette petite contrée de Mohamir, et encore moins de leur coutume qui consistait à ce que deux hommes ou plus épousent une même femme. Bridgewater prospérait et on commençait à en parler, mais on ne pouvait pas en dire autant de leurs coutumes. Nul doute qu'on verrait bientôt apparaitre une petite ville nommée Bridgewater et qu'un mariage comme celui de James et moi y passerait inaperçu.

Bien qu'elle se soit comportée avec une profonde passion, Tennessee n'était pas une fille d'un soir. Même si James l'avait prise pour la première fois et même si elle n'était plus vierge, elle restait innocente. Elle avait été bien baisée et satisfaite lorsque je m'étais allongée sur elle, tenant ses poignets contre sa tête pendant que ma queue trouvait son entrée maculée de la semence de James et s'y enfonçait facilement. James m'avait ouvert la voie, et la sentir si étroite et pourtant si profondément marquée m'avait fait naitre un orgasme à la base du dos.

Je n'avais pas joui à l'église contrairement à James et

mes couilles étaient pleines. Pour cela, sans compter le fait que sa chatte était un havre de paix et de chaleur, je n'avais pas duré aussi longtemps que j'aurais souhaité, surtout quand je l'avais sentie se serrer autour de moi, s'ajustant toujours pour être bien remplie. Elle avait écarquillé les yeux pour soutenir mon regard et ses tétons durcis étaient venus se frotter contre ma poitrine. Les parois de sa féminité s'étaient refermées pour aspirer ma semence pendant que je stimulai son clitoris avec la base de ma queue.

Je l'avais prise, tout en lui parlant.

Tu es si belle. Si étroite. Une si merveilleuse épouse. J'aime voir ma queue disparaitre en toi. Oh, regarde jusqu'où je peux aller.

Je l'avais baisée intensément, mais tout en douceur.

Jusqu'à ce qu'elle enroule ses jambes autour de ma taille, enfonçant ses ongles dans mes fesses en me répétant. *Plus fort, plus fort.*

Ensuite, mon petit chaton s'était transformé en véritable chat sauvage et j'avais joué le jeu. C'était devenu mon plaisir que de lui donner exactement ce qu'elle voulait. De la bonne baise. Rien à voir avec les premiers ébats d'une vierge effarouchée.

Oh non, Tennessee allait apprécier tout ce que nous allions lui donner. Et plus encore. Je l'avais marquée avec tellement de ma semence que personne ne pourrait douter de son appartenance.

C'est pour ça que nous allions à Bridgewater plutôt que de rester au lit. Bien qu'elle ait largement envie de recommencer, sa chatte inexpérimentée n'avait pas l'habitude de se faire visiter par deux grosses bites et elle devait être irritée. Si nous étions restées au ranch, nous l'aurions baisée encore. Et encore. Elle avait besoin d'un peu de répit, ne serait-ce qu'une journée. Je doutais que James ou moi puissions attendre plus que ça pour nous fondre à nouveau en elle.

Et cette seule pensée me faisait souffrir le martyr. Même si nous venions de quitter la maison, je me languissais déjà de me retrouver seul avec elle. Il me restait tant à apprendre pour la connaitre—excepté au sens biblique, bien entendu—et j'étais curieux. Elle semblait impétueuse mais elle était aussi douce. Passionnée mais tendre. Intelligente mais innocente à la fois. J'étais assez âgé pour partager de nombreuses expériences avec elle, pour la regarder trouver son propre plaisir. Nous lui offririons le monde si elle nous le demandait.

« Nous allons à Bridgewater pour que tu puisses rencontrer ceux qui partagent le même genre de mariage, » répondit James. » Tu pourras parler aux autres femmes, poser des questions. Je suis sûre que tu voudras entendre parler du plaisir de te faire prendre par derrière. »

Elle pencha la tête pour le regarder et je vis ses joues rougir. Notre femme était peut-être impatiente d'écarter les cuisses mais elle n'était pas encore tout à fait prête à se mettre à quatre pattes, les fesses en arrière pour recevoir nos queues.

« Oui, mais je connais Abigail. Je ne connais pas les autres, » répliqua-t-elle.

« Je n'ai pas envie de savoir comment ma sœur se fait prendre par Gabe et Tucker, pas plus que je ne souhaite qu'elle te donne des conseils en la matière. Nous allons voir Kane, Ian et Emma, « répondit James. « Et peut-être quelques autres. »

Je ne pus m'empêcher de sourire, même si je ne pouvais lui en vouloir.

« Emma ou Abigail, peu importe. Je ne pourrais pas parler de telles choses avec elle, » dit-elle d'une voix douce. Elle était très loin du vilain petit chaton en cet instant.

« Je pense que tu trouveras tout le monde à Bridgewater plutôt ouvert, » ajoutai-je en me rappelant un déjeuner et comment Mason et Brody avaient emmené Laurel dans une autre pièce pour la baiser. Personne n'avait dit quoi que ce soit. Prendre soin de sa femme était de la plus haute importance.

Je comprenais. Si Tennessee avait besoin de jouir, je n'hésiterais pas à la satisfaire. Peu importe le lieu ou le moment.

« Vous ne m'avez jamais dit comment vous vous étiez rencontrés, » dit-elle manifestement pour changer de sujet.

Je regardai Tennessee, détendue sur les genoux de James, sa tête calée sous son menton. Nous avions quitté Butte dans une telle hâte qu'elle n'avait pas de vêtements de rechange, seulement la robe qu'elle portait la veille. James avait envoyé un de ses employés à l'école pour récupérer ses affaires qui devaient tenir dans une malle. Il reviendrait rapidement et elle pourrait s'installer. Tout ce qui lui manquerait, nous ferions en sorte qu'elle l'ait.

Elle avait raison. Elle savait peu de choses sur nous, bien qu'en tant qu'amie de la sœur de James, elle devait en savoir un peu sur lui. Sur moi, en revanche, rien, et j'étais son mari...

« Je possède le ranch qui jouxte celui de Carr, à l'est. Nous élevons tous les deux du bétail. Bien que James vienne d'Omaha, ce que tu dois certainement savoir, je viens de New York. De la ville d'Albany pour être précis. J'y ai passé ma jeunesse, ensuite est arrivée la guerre. » Je n'allais pas rentrer dans les détails de cette période horrible, alors j'enchainai, « Après, je me suis marié et j'ai eu un enfant, mais sa mère est morte à la naissance. Il s'appelle Abel. Et il a... à peu près ton âge. »

« Dix-neuf ans, dit-elle.

« Vingt, » rectifiai-je. J'étais assez vieux pour être son père et j'étais son mari et je bandais pour elle. Comment cela était-il arrivé ? J'avais filé à Butte pour aider mon ami et je revenais marié à une fille de vingt ans ma cadette. C'était étrange de se sentir responsable de quelqu'un mais pas désagréable, au contraire. C'était plutôt une bonne chose. Une complète surprise, mais tellement positive.

« Où habite-t-il ? » demanda-t-elle.

« Au ranch, notre ranch. »

« Alors c'est là que nous vivrons ? » Elle tourna les yeux vers James.

Nous n'en avions pas parlé. Putain, nous n'avions pas parlé de grand-chose avant de nous marier. Mais je tournai la tête vers James.

Je secouai la tête. « Non, nous habiterons au ranch Carr. La maison et plus grande. « *Pour des enfants, une famille.* Nous l'avions prise tous les deux et il n'y avait aucun doute que nous avions rempli son ventre de notre semence. Je savais que James voulait des enfants, Tennessee certainement aussi. « Abel peut s'occuper seul de faire tourner la propriété Wells. » Il n'avait pas en tête de trouver une épouse mais une maison sans son père serait un début.

« Je pensais... Je—»

« De quoi, chaton ? » demanda James.

« Je pensais que chacun de vous habiteriez votre propre maison. »

« Et que tu passerais d'un domaine à l'autre tous les soirs ? » demandai-je. « Nous étions dans des chambres différentes hier soir et cela t'a paru trop loin. Nous devrions penser à un lit plus grand pour nous accueillir tous les trois. Ton père voulait peut-être pour toi une union sans amour... sans passion, mais ce n'est pas ce que tu auras. »

Elle écarquilla les yeux et sourit en rougissant. Elle ne pouvait nier que mes mots étaient justes. Elle avait sauté dans les bras de James pour l'embrasser mais elle m'avait littéralement supplié de la baiser.

Je me penchai vers eux sur la selle, même si nous étions absolument seuls, et que personne ne pouvaient nous entendre. « Chaton, je veux pouvoir te retourner et te prendre à chaque fois que j'en ai envie. Ne me regarde pas comme ça sinon, je te fais descendre pour te baiser sur le champ. »

Elle ouvrit la bouche en remuant sur les genoux de James qui grogna. Le coin de sa bouche s'agita. Et sous mes yeux, je la vis utiliser son nouveau pouvoir, celui qu'elle détenait désormais sur nous. »

« Chaton, » avertis-je, mais cela ne fit rien.

« Peut-être... peut-être que j'ai envie de me faire baiser, » murmura-t-elle.

Et cela suffit. Je tirai sur les rênes et arrêtai mon cheval. J'en sautai et la tirai des genoux de James pour la jeter sur mon épaule. Je trouvai une petite bande d'herbe où je l'allongeai. Je ne perdis pas de temps et remontai sa robe pour la trouver nue en-dessous. Je n'avais aucune idée de ce que James avait fait de sa culotte depuis que nous l'avions fessée et je m'en moquais. Je l'aimais ainsi. Des cuisses délicieusement écartées, notre semence s'échappant toujours d'elle, faisant briller ses cuisses.

Elle se redressa sur ses coudes en me regardant, les jambes ouvertes. « Tu ne veux pas me fesser avant ? J'ai été... vilaine. »

Une goutte de sperme jaillit de ma queue en entendant cette phrase provocatrice. James arriva dans mon dos, bloquant la lumière du soleil, avant de se mettre à genoux. Apparemment Tennessee aimait bien se faire prendre en plein air, autant que dans un lit. Nous n'allions pas le lui refuser.

D'une main, il la retourna sur le ventre, et la tira vers lui pour qu'elle se retrouve à quatre pattes. Elle remua son derrière sous nos yeux, elle nous suppliait de la fesser.

James jura dans sa barbe en voyant ce décor enchanteur.

« Vilaine ? Certainement. Coquine, tout autant, » dit-il.

Elle regarda par-dessus son épaule, dans ses yeux bleus se lisait un mélange de provocation et d'excitation, puis elle acquiesça.

« Mais les vilaines petites filles ne reçoivent pas que des fessées n'est-ce-pas ? » Il glissa son pouce contre sa féminité, pour qu'elle l'enduise de sa crème parfumée, avant de le poser sur son petit trou perlé.

Elle haleta et arqua le dos.

« Une vilaine petite fille se fait parfois prendre par derrière, » ajoutai-je. « Sentir la semence de ses hommes couler de son cul est un bon moyen de se souvenir d'être sage. »

« Jonah ! » cria-t-elle, bien que ce soit le pouce de James qui se frayait un chemin dans son cul. Le petit anneau qui l'entourait venait de s'écarter, mais ce n'était que le début. James était bien gros et il voudrait s'y enfoncer jusqu'à la garde. Elle nous avait certes fait descendre de nos montures pour attirer notre attention, mais elle ne devait se faire aucune illusion : c'est nous qui étions aux commandes.

Je la regardai attentivement, tout comme James, pour évaluer si elle aimait jouer avec son cul autant que la nuit dernière, et si cela la rendait excitée et mouillée.

« Tu n'as pas de lubrifiant pour la prendre en douceur », rappelai-je à James.

Il se figea avant de retirer son doigt. Cela attendrait. Elle tourna la tête vers nous.

« Monsieur ? »

Merde, elle allait me fait jouir dans mon pantalon avec ces seuls mots. Cela m'excitait à chaque fois.

« Ton petit cul va encore rester vierge quelques temps. Tu es bonne pour une fessée. »

James abattit sa main sur elle, dans un claquement sonore. Elle haleta en remuant des hanches.

Je n'allais pas rester à l'écart et je vins la fesser moi-même. Tour à tour, nous réchauffions sa peau et la teintions en rose, presque de la couleur de ses lèvres.

« Ton cul n'est pas le seul à se faire fesser, chaton. »

D'une petite tape, j'abattis ma paume sur sa chatte et

m'assurai que la pointe de mes doigts vienne frapper son clitoris.

« Jonah ! » cria-t-elle, en jetant sa tête en arrière.

La fessée l'excitait, cette pointe de chaleur. Son corps devenait docile, sa peau rougie, son souffle court. J'espérai qu'elle apprécierait la recevoir sur sa chatte. C'était un petit geste, mais assez pour l'exciter. Si elle aimait ça, ça finirait par la faire rougir.

Elle ondula des hanches, à quatre pattes sous nos yeux, contractant sa chatte et les muscles de son petit trou indompté.

Mes doigts étaient maculés de son excitation et je les léchai. Oh, comme j'avais envie de la baiser.

« Tu es toujours vilaine, chaton ? » demanda James. Si elle détestait vraiment, nous allions arrêter.

« Vous allez encore me fesser la chatte ? » demanda-t-elle.

« Oui. »

J'attendis avec James, le vent couchant les herbes hautes. Elle était si belle, ses cheveux baignant dans la lumière du soleil. Sa robe, toute propre et pimpante, toujours boutonnée jusqu'à la gorge, mais relevé par-dessus son cul, elle était nue jusqu'à la taille.

Innocente et plus encore, comme seuls James et moi pouvions la voir, une petite furie.

« Oui, » répondit-elle. « Je... je suis toujours vilaine. »

Je la fessai de nouveau sur la chatte, un peu plus fort, avant de la prendre entre mes doigts.

« Je vais... » Elle remua et haleta. Se cabra. « J'y suis presque. »

Un seul geste sur son clitoris, une petite tape de plus et elle allait jouir.

James acquiesça et je la fessai encore.

Elle jouit dans un cri, son corps se raidissant, ses yeux écarquillés comme si elle était incapable d'imaginer que ce que nous allions lui faire serait aussi bon.

James approcha sa main et lui caressa la chatte, glissa un doigt en elle et la fit encore jouir.

8

ENNESSEE

« Kane et Ian m'ont gagnée lors d'une vente aux enchères dans un bordel. J'étais mariée dans les dix minutes. À tous les deux, » dit Emma.

« Je suis rentrée accidentellement dans la cabine de Robert lors d'une traversée depuis l'Angleterre. Nous nous sommes mariés dans la journée, » ajouta Ann en venant s'asseoir à la table à côté de nous. Elle tenait une théière et je fixai les volutes de vapeur qui s'en échappaient.

Laurel hocha la tête, en tapotant le dos d'une petite fille qui reposait sur son bras. Le bébé de quatre mois dormait depuis notre arrivée. « J'ai été courtisée plus doucement. J'ai passé deux jours en compagnie de Mason et Brody avant notre mariage. Ils ignoraient encore mon nom juste avant de prononcer nos vœux. »

Nous étions assis à la large table de cuisine d'Emma. À notre arrivée, le repas de midi et la vaisselle étaient terminés mais les odeurs de viande rôtie persistaient. Laurel et Ann étaient restées alors que leurs maris étaient partis faire on ne sait quoi avec James et Jonah. À eux tous, ils avaient plusieurs enfants. Christopher était le petit garçon d'Ann, le plus grand des enfants de Bridgewater et il était parti avec les hommes. Laurel avait une autre petite fille, qui était, m'avait-on dit, à l'étage pour sa sieste. La fille d'Emma, Ellie, dormait elle aussi.

Ann était la plus ancienne mariée de Bridgewater, ayant épousé Andrew et Robert avant son arrivée dans le Territoire du Montana. Mais Emma avait épousé Kane et Ian après leur arrivée. Laurel avait suivi l'hiver suivant. Il y avait désormais de nombreuses épouses à Bridgewater. J'étais la dernière en date.

Emma était ravissante avec ses cheveux noirs et ses yeux bleus tout en contraste. Ann était blonde, claire et toute petite. Les cheveux de Laurel étaient d'un rouge vif, et les boucles de sa fille avaient la même couleur. Elles avaient toutes l'air tellement différentes, et pourtant elles avaient ce même trait en commun. Une sorte de bonheur et de confiance que je leur enviai. Je me sentais maladroite et perdue comparée à elles, et je leur en fis part.

Laurel me tapota le dessus de la main.

« Mason m'a retrouvée dans un blizzard, à moitié morte de froid. Je m'étais enfuie pour échapper à mon père qui voulait me marier pour raisons d'affaires. »

« Mon père a essayé de me marier au riche propriétaire d'une mine, et j'ai été retenue prisonnière pendant six jours. »

Emma écarquilla les yeux en entendant cette confession. »

« Oh, euh... c'est effrayant. Je suis ravie que tu t'en sois sortie. James et Jonah t'ont-ils secourue ? »

Je secouai la tête en gigotant sur ma chaise. Mon derrière était un peu irrité par ce que nous venions de faire. Par ce que j'avais initié. Et apprécié. Tout comme mes hommes. Ils avaient tout de suite joué le jeu et je me demandais comment cela avait pu être aussi excitant. Qu'est-ce qui m'avait pris ? Elles me regardaient, attendant patiemment que je réponde à la question d'Emma.

« Non. C'est Abigail Carr qui m'a sauvée. La sœur de James. » Je relatai brièvement comment elle était venue à ma rescousse. « Nous étions ensemble à l'école à Butte. Elle a épousé Gabe et Tucker Landry. »

Laurel sourit. « N'est-ce pas merveilleux ? » demanda-t-elle, avant de baisser la voix car le bébé s'agitait. « J'ai toujours souhaité qu'elle trouve le bon. Les frères Landry étaient au pique-nique la semaine dernière et n'avaient d'yeux que pour elle. Bien qu'elle ait fait allusion à un fiancé à Butte. »

« Tu penses que tu ne le mérites pas, » dit Ann en recentrant la conversation sur moi.

Elles attendirent que je réponde. Elles étaient tellement gentilles. Si ouvertes. Bien que je ne sois pas prête à m'ouvrir sur le fait de prendre bientôt les queues de James et de Jonah dans mon cul, j'étais ravie de partager mon opinion sur des sujets.... Moins intimes.

« Vous avez vu le visage de James. C'est à cause de moi que son œil a été marqué. »

« Tu l'as frappé ? » demanda Ann, et tout le monde rit.

Emma attrapa la théière et versa le breuvage dans les tasses. Ann m'en passa une avec une soucoupe.

« Non. » Je racontai l'intervention du porteur de tonneau. « J'ai aperçu James pour la première fois il y a deux ans, lors de mon arrivée à l'école. Un regard, et je n'ai plus arrêté de penser à lui. »

Laurel sourit. « Tu vois ? Il a peut-être ressenti la même chose. Ça a peut-être été un coup de foudre. C'est comme ça que Mason décrit ce qui lui est arrivé, bien que cela se soit produit en plein blizzard, alors je ne suis pas sûre. »

Elle faisait de l'esprit et je lui étais reconnaissante. Je ne pensais pas qu'il s'agisse d'un coup de foudre, mais je ne l'avais pas oublié, ça c'était sûr.

« James a *décidé* que nous allions nous marier. Mais j'ai refusé. »

Emma secoua la tête. « Je peux comprendre que tu aies été agacée. Les hommes de Bridgewater sont des mâles dominants, surtout en ce qui concernent les femmes qu'ils veulent épouser. Ils sont gentils, mais pas excessivement romantiques. »

Laurel acquiesça. « Il t'a vue. Il t'a désirée. Et c'est romantique que James ait dit qu'il allait t'épouser, parce qu'il ne l'aurait dit à personne d'autre. »

Je n'avais jamais vu les choses de cette manière. Étais-je vraiment la seule femme qu'il ait jamais voulu épouser ?

« Tu es une belle personne, » dit Anne. « Ils ne t'auraient pas épousée si ce n'était pas le cas. Ne doute jamais que tu es désirée. »

Je déglutis péniblement et en essayant de réprimer mes larmes. Ann était trop perspicace.

« Tu l'as mise mal à l'aise, » la gronda Laurel.

« Ce n'est pas moi, » dit Emma dans un grand sourire, « c'est la chaise. Dis-nous, Tennessee, pourquoi tu gigotes tellement ? »

Je sentis le rouge me monter aux joues et pris une gorgée de thé pour m'éviter de répondre. »

« Ils t'ont déjà mis un gode dans le cul ? » demanda Laurel.

Je faillis en recracher mon thé. « Un quoi ? »

« Ah, pas encore, » ajouta Emma. « Je suis sûre que Rhys t'en donnera bientôt un lot à ramener à la maison. »

« Qui est Rhys, et qu'est-ce-que c'est qu'un gode ? »

Laurel balaya ma question d'un revers de main. « Tu le découvriras bien assez tôt. Quant à Rhys, il s'agit d'un des maris d'Olivia, c'est lui qui les fabrique. »

Je ne me contentai d'acquiescer.

« Tu as des questions à nous poser ? » demanda Emma. « Ce n'est pas facile d'être une épouse de Bridgewater et nous devons prendre soin les unes des autres. »

Toutes hochèrent la tête. Le bébé s'agita dans les bras de Laurel et elle le fit passer d'une épaule à l'autre en le berçant.

« Je ne sais pas ce que je peux vous demander, » avouai-je.

« Alors c'est nous qui allons te poser des questions, » dit Laurel.

Emma sourit. « Mais quelle bonne idée. Moi d'abord! »

Oh mon dieu.

« Je parie que tes hommes t'ont déjà conquise. »

Je baissai les yeux sur ma tasse de thé. « Oui. »

« Tu gigotes sur ton siège. Ils t'ont déjà prise par derrière ? » demanda Laurel.

J'haletai et la regardai, les yeux écarquillés. J'étais stupéfaite qu'elle prononce ces mots à voix haute, et devant moi, une parfaite inconnue. James et Jonah avaient dit vrai sur l'ouverture d'esprit des gens d'ici.

« Non, ils ont un peu joué mais c'est tout. »

« Ah, tu as été fessée alors ? » s'enquit Ann.

J'acquiesçai.

« Et ça t'a plu ? » ajouta-t-elle.

Je rougis mais acquiesçai encore.

« Tu t'inquiètes parce que tu te dis que tu ne devrais pas aimer ça ? » demanda Emma d'une voix douce. Son enthousiasme s'était estompé et elle me regardait désormais avec une expression aussi ouverte qu'amicale.

Je me penchai en avant et acquiesçai. « Nous avons fait des choses.... Je ... »

Je repensai au moment où je m'étais mise à genoux à l'église, prête à sucer la queue de James. Et plus tôt, j'avais provoqué Jonah pour me faire baiser. « C'est mal ce que je fais. »

Toutes les trois secouèrent la tête et Ann reposa sa main sur la mienne. Laurel fit le tour de la table et posa sa main sur mon épaule.

« Tu n'es pas vilaine, » dit Ann d'un ton catégorique. « Tu as le droit de prendre du plaisir avec tes hommes. En tant que maris, c'est leur rôle à James et à Jonah de te satisfaire et je suis sûre que tu les satisfais aussi. Ce que tu fais, peu importe que cela paraisse mal ou pas, est normal. Tu vas t'y faire. Il n'y a pas de secrets dans un mariage à la mode de Bridgewater. »

« Vos hommes sont autoritaires, mais Jonah, il est...

plus âgé. Il veut que je l'appelle Monsieur, » avouai-je. « J'aime bien m'attirer des ennuis.... »

Le coin de la bouche d'Ann s'anima, mais elle ne rit pas. « De vrais ennuis, ou juste pour s'amuser ? »

Je fronçai les sourcils à cette question. « J'ai eu de vrais ennuis récemment, mais ce n'était pas ma faute. Enfin, pas complètement. Je n'ai pas aimé cette fessée-là mais j'ai aimé savoir que j'étais pardonnée une fois finie. Et j'ai vraiment adoré ce qu'ils ont fait après. » Je rougis encore.

« Et à part ça, qu'est-ce que tu as fait de mal ? »

Je ne voyais pas de raison de leur cacher, alors je leur racontai.

Ann sourit. « Génial. J'aimerais faire la même chose. Quant à appeler Jonah Monsieur, je dois admettre que c'est excitant. Il est plus âgé et te donne ce dont tu as besoin. Et il en reçoit autant en retour. »

Jonah aimait-il vraiment ça quand je l'appelais Monsieur ?

« Olivia est la pire pour ça. Elle mène ses trois hommes à la baguette, »

Laurel m'expliqua. « Elle se montre effrontée. C'est sa manière à elle d'attirer leur attention. »

Et je faisais la même chose ? Je recherchais l'attention de mes hommes. Oh mon dieu, oui. J'avais besoin de savoir qu'ils ne pensaient qu'à moi. Bien qu'ils me donnent du plaisir, je sentais que cela les satisfaisait aussi. « Tu veux dire qu'ils aiment quand je fais la même chose ? »

« À toi de nous dire, » répondit Emma.

Je pensais à Jonah qui m'avait arrachée aux mains de James en chemin. Je l'avais provoqué, il avait répondu. Pour me donner exactement ce dont j'avais besoin.

« Les hommes sont de retour, » dit Laurel alors que des voix et des pas lourds résonnaient. « Nous ferions mieux de nous dire au revoir car je sens que tu vas bientôt nous quitter. »

« Oh oui, ça fait bien deux heures qu'ils ne t'ont pas touchée ? » taquina Emma.

« Et ça ne prendra pas deux heures avant qu'ils ne te reprennent, surtout s'ils ont récupéré quelques godes auprès de Rhys.

Elles avaient toutes raison. Après deux minutes de politesse, personne ne sembla remarquer notre départ précipité. Quant aux godes, il y en avait deux. James me les avait confiés sur le chemin du retour tout en m'expliquant ce qu'ils comptaient en faire. Et en arrivant à la maison, je mourais d'envie de recevoir toute l'attention de mes hommes et me penchai bien volontiers sur la table de la cuisine pour la recevoir.

―――

JAMES

« Tu es sûr de ne pas vouloir nous accompagner ? » demanda Tennessee.

Nous étions sur le porche, pendant que Jonah sellait les chevaux. Sa malle était arrivée la veille pendant que nous étions à Bridgewater, et elle portait donc aujourd'hui une nouvelle robe, d'un rose léger qui révélait sa petite taille et sa féminité, tout en rendant sa peau plus claire encore. Ses cheveux étaient coiffés en une longue natte qui descendait dans son dos et elle portait un large chapeau de paille. Elle était belle comme une gravure mais je savais de quoi elle avait l'air endessous. Elle allait rendre visite à son beau-fils pour la première fois, elle ne portait pas de culotte et avait l'un des godes bien ancré au fond de son cul.

« Le rhume des foins qui m'a terrassé la semaine dernière a contaminé certains employés du ranch. Je dois prendre soin du bétail. En outre, je pense que Jonah doit parler à Abel seul de cette situation. Je pense qu'il sera surpris. »

Bien qu'Abel soit un homme accompli, découvrir que son père venait de se marier selon la coutume de Bridgewater avec une femme de son âge serait un choc. Personne n'avait envie d'imaginer ses parents en train de baiser, mais après un seul coup d'œil sur Tennessee, Abel saurait qu'elle était bien traitée. Cela se voyait sur son visage. Ses joues étaient teintées de rose et elle était plus calme maintenant que les jours précédents. Elle était pleinement conquise et cela lui convenait. Et l'avait vraiment domptée.

« De quoi ? Se marier subitement ? Vraiment, je ne vois pas... »

Je plissai les yeux et souris en lui pinçant les fesses. Peut-être pas complètement domptée. « Tu es pleine de sarcasme et d'impertinence. »

Jonah s'approcha, menant les deux chevaux et en regardant tout son soûl. Il ne m'attirait pas, mais c'était le cas de Tennessee. Une chatte mouillée et impatiente était importante dans un mariage. Il croisa son regard et sourit.

J'étais envieux de leur connexion. Je ne sentais pas de différence dans l'attention qu'elle nous portait à chacun, mais ils étaient mariés. Mari et femme. J'étais le troisième.

La veille à Bridgewater, Ian m'avait confié que cela avait demandé quelques ajustements d'être le second mari. Bien qu'il ait conquis Emma en même temps que Kane, elle avait pris le nom de ce dernier. Et dans son entourage, on ne lui connaissait que Kane comme mari. Ian était fier de leur mariage et voulait le faire savoir, montrer l'épouse qui avait ravi son cœur. Mais il ne pouvait le faire qu'avec des gens partageant son état d'esprit, et ce groupe était assez ténu. En voyage, ce qui semblait arriver souvent, elle devait partager une chambre avec Kane, et pas avec ses deux maris. Quant à leur fille, bien que personne ne sache de quelle semence elle était issue, seul Kane pouvait s'en vanter en public.

Ces petites vexations étaient là, et bien qu'Ian ait énoncé d'avantage de points positifs pour compenser sa frustration, elle demeurait tout de même.

Tout de même. Me sentirais-je toujours comme un demi-mari ou cela allait-il de pair avec ma condition de jeune marié ? Ce désir de la traîner dans ma maison pour la marquer comme mienne allait-il s'estomper ?

Allaient-ils partir pour ne plus jamais revenir ? Le pouvaient-ils ?

J'avais attendu Tennessee pendant deux ans et j'avais hâte de la conquérir. Le diagnostic du médecin avait changé ma vision des choses et ma manière de la conquérir. Avant d'attraper ce satané rhume des foins, j'ignorais tout de mes problèmes au cœur. La possibilité de tomber raide mort à tout moment avait altéré mon jugement. Je désirais Tennessee d'autant plus. Je voulais vivre pleinement, peu importe le temps qui me restait. Je n'avais ajouté Jonah dans l'équation que pour garantir qu'elle demeure aimée et protégée s'il devait m'arriver quelque chose. Je ne voulais pas qu'elle devienne une riche veuve à la merci des vautours qui n'en voudraient qu'à sa fortune. Le ranch Carr était un sacré bande du Territoire du Montana et elle hériterait de la totalité.

« Tu aimes que je sois impertinente, » répliqua-t-elle avec un sourire. Sa main se posa sur ma poitrine et je sentis ses seins appuyer contre moi. Ma queue remua.

« En effet. » Je me penchai pour l'embrasser. Impossible de m'en empêcher. Je ne pouvais garder mes mains loin d'elle. Bien que j'ai fait le vœu de donner un peu de répit à sa chatte, le fait d'être revenu avec des godes changeait un peu la donne. Toute once de contrariété semblait avoir déserté son corps, laissant place à une épouse suppliante qui ne semblait pas irritée le moins du monde. Aucun mari ne serait assez fort pour se retenir de la baiser après l'avoir vue nue et penchée par-dessus la table de la cuisine ses fesses écartées par la poignée du gode que son cul avait englouti.

Sentir sa chatte étroite autour de ma queue avec le gode replissant son cul... surtout quand elle en aspirait la moindre goutte de semence, j'avais joui tellement fort. Jonah n'avait pas voulu rester à l'écart et avait fait le tour de la table pour lui donner sa queue en même temps. L'un d'entre nous dans sa bouche, l'autre dans son cul. Pour la première fois que nous la prenions ensemble en même temps.

A la façon dont elle s'était ouverte pour le gode, nous pourrions la prendre d'une autre manière très bientôt.

Peut-être même ce soir, et elle en apprécierait chaque instant, comme tout le reste.

Son sourire s'estompa. « Je dois te parler de quelque chose. »

Lui caressant la joue, je répondis, « Très bien, mais Jonah t'attend. »

Elle tourna la tête vers Jonah, qui attendait patiemment avec les chevaux.

Elle se mordit la lèvre et ajouta.

« Très bien. »

Je l'embrassai à nouveau, incapable de m'en empêcher.

« Dépêche-toi, chaton. » Bien qu'elle ait encore ma semence entre les cuisses, je ne le voulais pas qu'elle oublie à qui elle m'appartenait aussi. Ce serait une longue journée à cheval. « J'ai des projets pour toi. »

9

ENNESSEE

Jonah me présenta son fils, il avait accouru sur le porche en nous entendant arriver. Avec ses cheveux noir de jais et ses yeux marron, il ne ressemblait pas à son père le moins du monde. Sa peau était mate tandis que celle de son père était clair. Ils avaient la même taille mais Abel était fin. Son visage avait reflété la stupéfaction quand Jonah lui avait annoncé la nouvelle. Il ne m'avait adressé qu'un bref regard avant de demander à s'entretenir avec son père en privé. Et il avait pris la direction de la grange sans même attendre son accord.

Je m'étais sentie rejetée, mais un baiser de Jonah sur le front m'avait rassurée. Au lieu de se contenter de suivre Abel, il m'avait fait entrer dans la cuisine où j'avais fait la connaissance de Mme Tunbridge, la gouvernante. Bien qu'elle ait été tout autant surprise de notre mariage, elle avait été toute excitée.

Lorsque Jonah m'avait laissée en sa compagnie pour aller parler à Abel, elle s'était assise avec moi à la table de la cuisine pour me raconter qu'elle espérait depuis des années que Jonah trouve une femme avec qui se marier. C'était une femme gironde avec un tempérament calme, elle me mit tout de suite à l'aise. Devant des verres de limonade, elle me fit raconter l'histoire de notre mariage, que je transformai rapidement pour ne garder que notre rencontre à Butte et notre mariage le lendemain. Je n'étais pas sûre des intentions de Jonah et s'il allait lui confier que j'étais mariée autant à lui qu'à James, mais comme elle travaillait pour lui, je pensais que c'était à lui de lui annoncer.

Mme Tunbridge m'avait indiqué le chemin de la grange et je m'y étais rendue pour les rejoindre et j'en avais profité pour admirer le ranch. La maison était un mélange de pierre sèche et de bois avec un toit très pentu pour que la neige puisse glisser. Les toits dans le Dakota du Nord étaient de forme similaire, mais peu étaient en bois. Bien qu'elle n'ait rien à voir avec les belles demeures de Butte, la maison était grande et était située dans un joli paysage, peut-être à l'image des hommes qui la peuplaient. La prairie s'étendait jusqu'à des collines verdoyantes qui mettaient fin à la perspective. Je distinguai le bétail, des taches sombres qui constellaient le paysage.

Je me protégeai les yeux du soleil en regardant autour de moi. Je trouvai peu de différences entre les ranches Carr et Wells, hormis les maisons. Mais je n'y connaissais rien en termes de vaches et d'organisation d'un ranch.

Je me remis en marche en réalisant que j'en savais à peine plus sur James et Jonah que je n'en savais sur les vaches. Après avoir discuté avec les femmes de Bridgewater, j'avais décidé de leur dire que Ginny et Georgia étaient en danger. Ann avait dit qu'il ne pouvait y avoir aucun secret dans un mariage à la mode de Bridgewater, et j'en gardais déjà un très lourd. J'avais essayé d'en parler à James et je recommencerais dès notre retour.

« Je n'arrive pas à croire que tu t'es marié, » dit Abel. Sa voix portait depuis l'autre bout de l'étable. « Tu ne la connaissais pas il y a encore deux jours. »

Ce fut le son colérique de sa voix qui me surprit et je m'appuyai contre le toit boisé de la grange. Je ne voulais pas les interrompre mais je voulais entendre leur conversation discrètement. En bon gentleman, Jonah surveillerait son langage et prierait son fils de faire la même chose en ma présence.

« Tu connais les gens de Bridgewater ? » demanda Jonah.

Silence. Si long que je me demandai s'ils étaient partis. « Tu essays de me dire que tu as épousé une femme qui porte le nom d'un état avec un autre homme ? » demanda Abel.

« Avec James Carr. »

Abel bafouilla avant d'éclater de rire. « Elle doit avoir mon âge. »

« En effet, » confirma Jonah.

Il avait dit que mon père ne m'avait peut-être pas donné ce qu'il me fallait, mais que lui s'en chargerait. Que je devais l'appeler Monsieur et passer sur ses genoux pour une fessée. Et que j'aimerais ça. J'en étais venue à en avoir envie, j'avais même provoqué Jonah en lui donnant du Monsieur. Mais maintenant, je me sentais en dessous de tout. Indigne. Comme une enfant capricieuse.

« Tu as dit que tu ne te remarierais jamais. Je ne t'ai même jamais vu manifester de l'intérêt pour une femme. »

Il ne voulait pas se remarier ?

« Elle était en danger. »

Mon cœur se serra à ces mots. Il ne m'avait épousée que parce que j'étais une demoiselle en détresse ? Parce que j'allais gagner ma vie comme putain dans un saloon ? Je l'avais rencontré pour la première fois à l'arrière de cet établissement sordide.

« Tu n'as pas besoin d'épouser une femme si elle a des ennuis. Tu l'aides à traverser, tu lui offres un rafraîchissement, tu portes ses valises. »

Jonah ne répondit rien. Je constatais qu'il utilisait son calme avec d'autres personnes que moi. Abel était manifestement en colère et Jonah le laissait manifester son mécontentement.

« Elle est très belle. Mais tu aurais pu trouver une chatte plus facile. Une veuve, par exemple, qui ne requière pas que tu te maries. »

Je portai mes doigts à ma bouche pour étouffer un cri.

« Oh, c'est pour ça que tu es si péteux. Tu t'es fait prendre. Et tu as *été obligé* de l'épouser. »

C'était vrai. Oh mon dieu, j'étais à quatre pattes devant lui, dans une église. Je venais de lécher la semence sur sa queue quand le prêtre était entré. Mais de quoi avais-je l'air ? Jonah avait bel et bien été pris au piège.

Nous n'étions pas le seul couple à nous marier pour

basse morale et une vertu compromise. Mon père m'avait utilisée pour qu'un gros compte bancaire éponge ses dettes de jeu. Il n'avait pas une seule fois pris en compte mes désirs. Et ils étaient simples. Je voulais simplement un homme qui me désire. Pas piéger un homme dans le mariage parce qu'il avait eu le malheur d'avoir sa queue dans ma bouche.

Et James ? Ressentait-il la même chose ? Avait-il fait tout cela par esprit chevaleresque et non par amour ? Avait-il échangé son célibat contre un mariage sans amour pour sauver son honneur ?

« Comme maman, » demanda Abel.

Je ne pouvais plus en supporter davantage. Je refusai de rester avec Jonah si je n'étais qu'une femme en titre. Oui, nous avions baisé, mais comme avait dit Jonah, parce que nous étions mariés, il pouvait librement disposer de mon corps.

Le doux parfum de limonade devint amer sur ma langue alors que je courais vers la maison où étaient attachés les chevaux. J'essuyai les larmes de mes yeux en détachant la longe du poteau. Deux jours à peine et je leur avais offert un morceau de moi-même. La vérité m'avait brisé le cœur. Notre mariage n'était pas fondé sur l'amour. Oui, il y avait une réelle passion. J'avais ressenti des choses pour James et Jonah que je n'aurais jamais imaginées. J'avais adoré ça et ils me semblaient qu'eux aussi. Je m'étais sentie à l'aise avec eux. En sécurité. Peut-être même aimée.

Mais je m'étais trompée.

Il n'y avait pas eu de coup de foudre. Il n'y avait pas eu de demoiselle en détresse qu'un jeune premier devait sauver. Une femme devait se sauver elle-même, et c'est ce que j'allais faire.

Je retournerais chez moi, à Fargo. Jonah et James resteraient une distraction. Un détour dans mon projet initial. Je sauverais Ginny et Georgia des ennuis causés par notre père. Mon dieu que j'étais contente de ne pas leur en avoir parlé, parce qu'à mon retour dans le Dakota du Nord, personne ne saurait que j'étais mariée. Je laisserais derrière moi le Territoire du Montana et toutes les choses horribles qui m'y étaient arrivées.

Mais avant tout, je devais trouver de l'argent pour le voyage. J'étais dans la même situation inconfortable que l'autre jour. Cela n'avait pas changé. Même si j'avais plus de confiance en moi cela dit. Et je ressentais de la colère pour attiser mon envie de départ. J'en avais fini avec Jonah et James. Je n'aurais plus à me soucier d'eux. J'irais à Travis Point, je trouverais un saloon et gagnerais de l'argent en jouant aux cartes. Je m'étais montrée trop timide à Butte et j'allais m'assurer qu'ils me laissent jouer.

James et Jonah avaient tous les deux dit que j'étais un peu sauvage. Peut-être que mon caractère pouvait me servir. Je gagnerais cet argent d'une manière ou d'une autre.

JONAH

Je n'aurais su décider lequel des deux m'agaçait le plus,

Abel ou Tennessee. Tous les mots prononcés par mon fils avaient été durs. Je m'étais attendu à de la surprise, mais pas aux insultes qu'il avait proférées.

« Tu n'es plus un enfant, tu es un homme. Comporte-toi comme tel. C'était peut-être un mariage à la hâte, mais un mariage que je voulais. Oui, elle m'a piégé, mais pas de la manière que tu crois, avec son cœur. Et le mien lui est acquis. »

Une fois ces mots prononcés, j'avais aperçu un cavalier au loin, allant grand train. J'avais immédiatement reconnu la silhouette de ma femme.

« Putain, » avais-je soufflé en ignorant Abel avant de courir vers la maison pour monter sur mon cheval et m'élancer à sa poursuite.

Cela me prit dix minutes pour la rattraper. Quand je criai son nom, elle ralentit, avant de s'arrêter et de tourner l'animal pour me faire face. Je ne savais pas si elle s'exécutait par pure courtoisie ou parce qu'elle savait qu'elle avait perdu toute avance. Elle filait en direction de la ville, pas vers le ranch Carr.

« Où vas-tu comme ça ? » criai-je en tirant sur les rênes pour arrêter ma monture à côté de la sienne. Les deux animaux soufflaient à cause de leur course folle. Je sautai à terre et attrapai les rênes pour m'assurer qu'elle ne s'enfuie pas.

« À Travis Point, » cria-t-elle et essayant de m'arracher les rênes. Elle avait relevé la tête, sa posture était si raide qu'on aurait pu la confondre avec un poteau télégraphique. « Si tu veux bien m'excuser. »

« Oh non, chaton, » répliquai-je.

Sans mon aide, elle descendit du cheval et partit en

direction de la ville. Je regardai sa silhouette menue s'éloigner dans les herbes hautes. Bien qu'elle s'efforce de paraître raide et hautaine, mon regard était déjà perdu dans le balancé de ses hanches. C'était *elle,* la Tennessee que j'avais rencontré l'autre jour à Butte. En colère, pleine d'indignation et belle à couper le souffle.

« Nous devons parler, » appelai-je en relevant mon chapeau pour essuyer la sueur de mon front.

Elle se retourna et posa les mains sur ses hanches. Son souffle court soulevait sa poitrine sous sa robe rose. « Parler ? On dirait que tu as déjà assez parlé avec Abel. »

Je pris une profonde inspiration et soufflai doucement. « Attention à ton langage sinon tu vas finir sur mes genoux. »

Elle écarquilla les yeux. « Tu veux me fesser ? Pourquoi ? »

« Parce que tu en as besoin. »

« Je n'ai pas *besoin* de me faire fesser. Je ne suis pas un enfant capricieux qui fait une colère. Je suis une femme en colère ! » cria-t-elle, et je fus surpris par tant de véhémence. « Je ne suis pas la femme impétueuse et sauvage que tu imagines. »

Elle était en colère. Il faudrait être aveugle pour ne pas le voir. Elle ne faisait pas ça pour attirer l'attention, ne se comportait pas mal pour que je m'occupe d'elle, pour que je lui donne la fessée qui la calmerait. Non, c'était différent. « Non ? » demandai-je.

« Tu penses que je suis inconsciente, et rebelle aussi. Tout ça à cause de M. Grimsby. »

Elle ne me laissa pas répondre.

« Je ne me suis pas jetée dans l'antre de M. Grimsby

de mon plein gré, » poursuivit-elle. « Tu penses que je voulais *vraiment* un homme comme lui ? »

Je ne connaissais pas Grimsby, j'avais seulement entendu James en parler, et de ce qu'il avait fait à Tennessee, à son père. À Abigail.

« Mon père allait me donner à cet homme car il avait le plus gros compte en banque. Il pensait que Grimsby était le plus riche. Il s'est trompé, et il en est mort. Et encore maintenant, c'est moi qui en paye le prix. »

Elle leva les mains en parlant avec une profondeur que je ne lui avais encore jamais vue.

Je fronçai les sourcils en entendant cela.

« Que veux-tu dire ? » Je fis un pas vers elle, et elle recula. « Dis-moi Tennessee. Parle-moi de ton fardeau. »

Elle ôta une mèche de cheveux de son visage, sa natte s'était défaite dans son échappée. Son chapeau pendait dans son dos, attaché par un ruban autour de son cou. « Mon fardeau ? Grimsby va tuer mes sœurs. »

Je me raidis. Je ne m'attendais pas à ça.

Elle roula des yeux en riant. « Abigail n'était pas la seule à être menacée. Grimsby a envoyé un de ses hommes à Fargo pour tuer mes sœurs si je ne lui fournis pas l'argent qu'il a demandé. Il n'était pas riche du tout, tout comme moi. Sa mine était épuisée et il voulait épouser une riche héritière. Quand il a compris que ce n'était pas mon cas, il a vu rouge. Mais maintenant qu'il est en prison, il ne peut pas rappeler son homme de main. Et celui-ci va tuer Ginny et Georgia. »

Elle avait les yeux remplis de larmes mais elle cligna des paupières pour les en chasser. Elle était si forte, si brave. Et tout cela pesait sur ses épaules. Je comprenais les raisons de ses actes à Butte. Elle avait exécuté la volonté de son père et menti à Grimsby. Je me demandais si elle aurait joué le jeu jusqu'au bout, s'il s'était avéré que Grimsby était riche, rien que pour satisfaire son père.

« Le saloon ? » demandai-je en me rappelant là où je l'avais rencontrée.

« Tu penses vraiment que j'étais là-bas parce que je suis naïve et volage ? Que je me mettrais sciemment dans une telle situation ? J'étais désespérée et je savais qu'une partie de poker pourrait me permettre de me payer mon billet pour Fargo. »

« Pour l'argent ? » Un des chevaux tira sur les rênes pour paître dans les hautes herbes et je lui lâchai la bride.

« Oui, pour l'argent. » Elle haussa les épaules. « Je n'ai jamais mis la main sur un riche époux. »

Jamais... mais de quoi parlait-elle ? James et moi-même étions tous les deux prospères. Et ensemble, nous avions largement de quoi l'emmener à Fargo. Merde, nous avions certainement assez pour *acheter* Fargo.

« Tu as mis la main sur nous, » répondis-je doucement. Attentif.

Ses yeux s'embrasèrent d'une colère froide. « Bien sûr que oui. Je t'ai attrapé bien mieux que M. Grimsby. Il n'y avait pas d'autre choix qu'un mariage après que le prêtre ait surpris une femme à genoux à te sucer la queue. Tu ne *voulais pas* m'épouser. Tu étais *obligé*. Je pense que tu peux être reconnaissant à mon père de ne pas m'avoir demandé de sucer la queue de M. Grimsby. »

« Tennessee, » avertis-je.

« Tu ne feras pas retomber ma colère, Jonah. »

Ma femme et ses actes avaient été mal interprétés, et j'avais eu tort pour cela. Tout comme James, mais il n'était pas là. Je devais réparer les choses, dès maintenant.

« Tu as entendu ma conversation avec Abel, » dis-je, en me rappelant ses premiers mots quand je l'avais rattrapée.

Elle répondit d'un petit signe de tête. « Tu m'as épousée pour préserver ton honneur. »

« Et quel mal y aurait-il à ça ? » demandai-je.

Elle s'essuya le visage, laissant couler une larme. « Rien. Mais cela ne suffit pas. »

« Tu as entendu Abel, mais as-tu seulement entendu ce que je lui ai répondu ? »

Elle détourna les yeux.

« Tu as bien compris qu'Abel était en colère parce que je me suis marié et surpris parce que je n'avais pas manifesté d'intérêt pour me marier auparavant. Tu vois, ce n'est pas mon enfant. »

Elle fronça les sourcils, mais je poursuivis. C'était important qu'elle comprenne.

« J'avais vingt ans et j'ai aperçu Victoria lors d'un bal. Nous nous sommes promenés deux fois. Je ne la trouvais pas... à mon goût et je n'avais pas l'intention de poursuivre cette relation. Mais elle m'a annoncé qu'elle était enceinte. »

Tennessee haleta.

« Ce n'était pas le mien, mais je ne pouvais le dire à personne. Je ne pouvais pas non plus afficher Victoria comme une femme de petite vertu—ce qu'elle était—ou je risquais de passer pour un coureur de jupons, utilisant une femme avant de me détourner du fardeau que j'aurais posé sur ses épaules. J'ai fait ce qui était honorable et je l'ai épousée. »

« Comme tu l'as fait avec moi. »

Je secouai la tête. « Non, ça n'a rien à voir. Je n'aimais pas Victoria. Je ne la désirais pas. Je ne l'ai jamais touchée. Jamais. Elle est morte en accouchant. »

« D'Abel. »

« Oui. J'étais veuf avec un nouveau-né. Je suis parti plein ouest dans l'année qui a suivi. Je n'aurais pas pu traverser tout ça sans Mme Tunbridge, » dis-je en souriant. Cette femme avait été ma nourrice, ma gouvernante et ma mère de substitution.

« Mais Abel a dit—»

« Ce n'est pas un enfant qui hérite d'une nouvelle mère pour l'élever, » l'interrompis-je. Son opinion n'a pas d'importance. Même si je préférerais qu'il t'apprécie... c'est un adulte. Mais peu importe ses sentiments, il n'avait pas le droit de te manquer de respect. C'est ce que je lui ai dit. Je lui ai dit que tu m'avais effectivement pris au piège, mais pas seulement à cause de ta vertu, par amour. »

Elle ouvrit les yeux de surprise. « Par amour ? Tout ce que tu as fait, c'est de me gronder et me punir. »

Impossible de m'empêcher de remuer le coin de la bouche.

« Chaton, je me souviens de quelques autres situations qui n'impliquaient pas de te punir. »

Ses joues déjà rouges s'assombrirent encore. « Je n'ai jamais cherché à reprendre de femme. Je n'en ai jamais voulu d'autre. Mais un seul regard sur toi m'a fait changer d'avis. Je dois avouer que j'ai été surpris la première fois que James me l'a proposé, mais je suis diablement heureux qu'il l'ait fait. »

« Par amour, » répéta-t-elle, comme si cette idée était absurde.

Je m'approchai d'un pas. Elle ne recula pas alors j'avançai encore jusqu'à me retrouver en face d'elle. Je caressai doucement sa joue avant d'essuyer une de ses larmes de mon pouce.

« Chaton, tu ne serais pas autant en colère si tu t'en moquais. Si tu n'avais pas de sentiments pour moi, pour James, pour notre *mariage*, sinon, rien de ce qu'a dit Abel n'aurait pu t'atteindre. »

Peut-être devrais-je méditer ces paroles moi-même. Je n'aurais pas été énervé par ce qu'Abel m'avait dit s'il ne s'était agi que d'une petite aventure à Butte. Bien que je ne partage pas ce genre d'aventures avec mon fils, il savait que je n'étais pas un saint.

Elle cligna des yeux. Réfléchit. Avant de fondre en larmes. Je la pris dans mes bras, et la serrai fort contre moi. Je l'embrassai sur le dessus de la tête et passai ma main le long de son dos, faisant tout mon possible pour la réconforter. Il était difficile de voir une femme pleurer, surtout la mienne.

« Chut... chaton. Tu es une fille bien. Tellement bien. Je suis si fier de toi. »

Je la gardai contre moi pour l'apaiser autant que pour m'apaiser moi-même. Elle avait gardé pour elle ce lourd secret, nous laissant penser qu'elle était toute autre que ce qu'elle était au fond d'elle. Bien qu'elle soit vraiment impétueuse, elle était aussi généreuse, aimante. Attentionnée.

Elle n'était pas attirée par l'argent. Elle n'était ni frivole ni naïve. Elle était... Tennessee.

Les larmes cessèrent et elle me regarda, le visage

humide et avec les yeux rouges. « Je suis désolée, » répondit-elle en reniflant.

Sortant un mouchoir de ma poche, je séchai ses joues en gardant une main autour de sa taille. « Non, je suis désolé. Si James était là, il s'excuserait aussi. Tu aurais dû être punie pour ce que tu as fait à Butte. » Elle se raidit dans mes bras mais je ne le lâchai pas et poursuivit. « Pourtant, James et moi aurions dû savoir *pourquoi* nous le faisions. »

Comme elle ne répondit rien, je poursuivis. « Tu as dit que tes sœurs étaient en danger. Que tu devais te rendre à Fargo pour les sauver. »

Elle acquiesça. « Mais je n'ai pas d'argent, et l'homme a une semaine d'avance. »

« Moi j'en ai. »

Elle plissa les yeux et j'apaisai ses rides avec mon pouce. Je voulais résoudre tous ses problèmes par ce seul geste.

« Tu as des vaches, » répliqua-t-elle. « M. Grimsby veut de l'argent. Des espèces. Abigail lui a dit qu'elle n'en avait pas, et que bien que son frère ait un ranch, elle n'allait pas lui rapporter une vache. »

Je souris en imaginant Abigail Carr ramenant une vache jusqu'à Butte.

« Chaton, nous avons des vaches… et des espèces. Bien que je ne puisse parler personnellement des affaires de James, je ne peux qu'estimer qu'elles sont florissantes. Quant à moi, j'ai assez d'argent pour aller jusqu'à Fargo. Et même jusqu'en France. »

« Elle écarquilla les yeux. « Oh. »

« Et tu espérais gagner cet argent ? C'est pour ça que

tu t'es rendue dans ce saloon de Butte, et que tu comptais faire de même à Travis Point ? »

« Oui, je suis douée pour ça. C'est la seule chose que mon père m'ait apprise. »

C'était très révélateur. Pas étonnant qu'elle se languisse de mon attention et affection.

Je souris. Ma femme était un mystère et j'avais hâte de la découvrir encore.

« Très bien, tu vas y aller et gagner l'argent dont tu as besoin. »

Elle ouvrit encore plus grand les yeux. J'aurais bien éclaté de rire en la voyant si elle ne n'avait pas risqué de se remettre à pleurer si je l'avais fait.

« Tu vas me le permettre ? »

« Te le permettre ? Je doute que je puisse t'en empêcher. »

Elle plissa les lèvres, mais me fit un petit sourire.

« Et tu me laisseras aller jusqu'à Fargo ? » Elle ne semblait pas ravie à l'idée de nous quitter. Elle *voulait* que je lui dise de rester. »

« Bien sûr que non. Nous allons envoyer un télégramme au shérif de Fargo depuis Travis Point. Comme tu l'as dit, l'homme de main de Grimsby a une avance certaine sur nous. Le shérif peut s'occuper de tes sœurs rapidement. Dès aujourd'hui. »

Elle se mordit la lèvre. « Je n'y avais même pas pensé. »

« Chaton, tu dois nous parler de tous tes problèmes. Ils nous appartiennent maintenant, et nous sommes assez forts pour les régler. »

« Alors pourquoi tu vas me laisser jouer au poker si tu veux envoyer un télégramme ? »

Je me penchai pour l'embrasser sur les lèvres. « Si tu étais un homme, tu aurais gagné l'argent rapidement et sans difficulté dans n'importe quel établissement de Butte. Je ne te refuserai pas l'occasion de le faire juste parce que tu es une femme. Te voir plumer des hommes au saloon autour d'une table de poker est un spectacle que j'ai vraiment envie de voir.

10

ENNESSEE

« J'ai réussi ! » J'avais crié en sortant du saloon à la lumière du jour.

Jonah me prit par le bras et me guida le long du trottoir en faisant un signe avec son chapeau à deux femmes dont les sourcils avaient disparu sous leur chapeau tant elles étaient surprises que je sorte d'un saloon aussi excitée. Rien ne pourrait m'agacer dans un moment pareil. Sans compter qu'elles devraient être heureuses qu'une femme ait pu y entrer pour jouer aux cartes avec une bande d'hommes.

Ha ! J'étais si heureuse que j'aurais pu exploser, les poches remplies de l'argent gagné. Pour la première fois, j'étais reconnaissante de quelque chose que mon père m'avait appris. Je comprenais maintenant qu'il ait pu devenir accro à ce jeu, car la sensation de victoire était incroyable. Contrairement à lui, je n'avais aucune intention de retourner jouer dans un saloon et je ne perdrais pas mes gains. « Je n'arrive pas à y croire. »

« Je n'arrive pas à croire que je me suis retenu de frapper tous ceux qui t'ont regardée. Et j'étais assis à côté de toi. »

Il avait le ton d'un ours mal léché. Je lui tapotai le bras pour le réconforter. Nous étions entrés dans le saloon une heure plus tôt, et bien que les hommes—tout comme les femmes présentes—m'aient observée d'un œil suspicieux, ils n'avaient rien dit. Surtout après que Jonah ait dit que sa femme allait jouer aux cartes sur un ton qui ne laissait place à aucune négociation. Ils s'étaient d'abord moqués de moi, surtout après que j'aie perdu la première partie intentionnellement. Mais quand j'avais raflé la mise de la deuxième partie, leurs bavardages avaient cessé. Et j'avais gagné, et encore, et encore. Ils m'avaient regardée d'un œil mauvais. Jonah était mon protecteur au cas où les hommes changeraient d'avis et voudraient reprendre leur argent.

« Oui. Mais j'ai gagné. »

Il accéléra le pas et je courus pour le rattraper.

« Ce qui signifie qu'ils pourraient nous suivre pour récupérer leur argent. »

Je regardai par-dessus mon épaule et faillis trébucher. Jonah me rattrapa par le bras.

« Tu veux bien ralentir ? »

Il s'arrêta et je lui rentrai dedans. « Jonah ! »

Et il disait que j'étais insupportable.

Il me regarda de ses yeux clairs, avant de se pencher sur mes lèvres. Un grognement monta de sa poitrine.

« Nous nous dépêchons parce que j'ai envie de toi. Ça m'a donné la trique de te voir à l'intérieur. »

Je baissai les yeux pour en être sûre, la bosse épaisse sous son pantalon ne laissait aucun doute.

Mes tétons pointèrent instinctivement. J'étais au diapason de sa voix grave, hypnotisée par le désir irradiant de ses yeux clairs. J'acquiesçai parce que je ne pouvais pas refuser. Je ne le voulais pas. Je voulais trouver un coin tranquille et le laisser me prendre comme il le voudrait.

« Le bureau du télégraphe d'abord, » Jonah avait pratiquement grogné. « James ne voudrait pas se sentir exclu. »

Nous avions tourné au coin en direction du nord, je présumai dans la bonne direction. Je n'étais venue qu'une fois à Travis Point et la brièveté du séjour n'avait eu d'égale que son côté scandaleux. Je regardai autour de moi, espérant ne pas croiser le prêtre que je serais incapable de regarder dans les yeux. De l'autre côté de la rue, des passagers descendaient d'une diligence arrêtée, mais je n'y prêtai aucune attention.

Quand je regardai à nouveau, je m'arrêtai net, emportée par le bras de Jonah qui avançait.

« Ginny ! » criai-je le cœur battant. « Georgia ! Jonah, mes sœurs sont là. » Je le frappai sur le ventre pour attirer son attention, mais mon cri l'avait sûrement déjà alerté.

J'essayai de courir vers elle, mais Jonah passa un bras autour de ma taille pour me tirer en arrière et empêcher que je ne sois renversée par un cheval au galop.

« Doucement, chaton. »

Je n'avais pas la patience d'attendre. Une fois la rué dégagée, Jonah m'escorta jusqu'à elles.

« Tennie, je n'arrive pas à croire que tu es là ! » cria Ginny.

Seuls quelques mètres nous séparaient alors Jonah me laissa courir vers elles et les enlacer toutes les deux.

« Moi ? Mais qu'est-ce-que *vous* faites là ? »

Je riais et criais tant j'étais stupéfaite de leur présence.

J'étais la cadette, Ginny ayant deux ans de plus que moi et Georgia, deux de moins. Nous nous ressemblions beaucoup avec nos cheveux clairs et nos petites silhouettes. On nous prenait souvent pour des triplés.

« Nous sommes venues te rejoindre, » commença Ginny.

« Mais tu n'étais pas à Butte, » poursuivit Georgia toute excitée.

« Le pensionnat nous a dit que quelqu'un était récemment venu chercher ta malle, et ainsi nous avons appris où tu étais. Et c'est là que nous nous rendons, » acheva Ginny.

Je ne les avais pas vues depuis deux ans. Bien que Ginny n'ait pas changé du tout, Georgia semblait plus âgée et était une femme à part entière.

Je ne pouvais arrêter de sourire, tellement j'étais excitée de les revoir. Mes émotions m'envahissaient. Je n'aurais jamais, jamais imaginé que je les croiserais ici. Et j'avais été tellement inquiète, à l'idée que l'homme de main de M. Grimsby errait dans le Dakota du Nord.

« Vous êtes venues me retrouver ? Je... je ne comprends pas. »

Ginny regarda par-dessus son épaule, et tendit le bras, un homme souriant lui prit la main et vint se placer à côté d'elle. Il était bien plus grand qu'elle avec des cheveux sombres et un costume ajusté qui lui allait fort bien. Il était très séduisant et n'avait d'yeux que pour Ginny. « Voici Tom, mon mari. »

Tom fit un signe de son chapeau et sourit encore. « J'ai tellement entendu parler de vous que je suis ravi de mettre enfin un visage sur toutes ces histoires. » Il semblait doux et sa manière de poser sa main sur l'épaule ne Ginny montrait l'affection qu'ils partageaient.

« Je ne suis pas la seule à avoir des *histoires* à raconter, » lui répondis-je. « Votre femme en a également quelques-unes. »

Ginny roula des yeux.

« N'est-ce pas merveilleux, » bafouillai-je. « Quand ? Je veux dire, quand—»

Elle rit et je l'imitai. « Il y a un mois, après le départ de Père. »

Nos sourires s'estompèrent sur ces mots.

« Nous connaissions ses intentions, Tennie, mais nous ne pouvions rien faire. Jusqu'à l'arrivée de Tom. » Ginny regarda son mari et sourit.

« Une fois mariés, nous avons pu venir jusqu'ici, » dit Tom. « J'ai refusé de les laisser voyager seules. »

Je ne pus ignorer une pointe d'amusement ou d'acquiescement dans la voix de Jonah qui grommelait dans mon dos.

« Nous étions inquiètes pour toi à cause de la personnalité autoritaire de Père, » dit Georgia. Encore maintenant, elle semblait effrayée à la seule mention de son nom. « Et son obsession pour le jeu. »

« Il est mort, » bafouillai-je.

Je me mordis la lèvre et étudiai mes sœurs, dont les yeux s'écarquillèrent. Je n'aurais pas dû me montrer aussi directe avec elles.

Après la surprise initiale, elles prirent un air grave, mais pas bouleversé.

« Pour être honnête, je ne suis pas surprise, » dit finalement Ginny. « Il était inconscient. Tu vas nous raconter comment c'est arrivé ? »

J'acquiesçai. « Plus tard. »

Tout entrain semblait nous avoir quittées toutes les trois, mais Tom reprit le fil de la conversation. « Je suis content que vous soyez là toutes les trois. » Il serra l'épaule de Ginny. « Nous avons décidé qu'un nouveau départ serait une bonne chose. Je suis avocat et j'espère accrocher ma plaque dans la région. Dans un endroit tout neuf. » Il regarda autour de lui comme si Travis Point était une possibilité. « Mais pas à Butte, la ville ne m'a pas beaucoup attiré. »

Georgia secoua la tête avec véhémence. Je savais à quel point elle détestait la ville, elle se sentait bien plus à l'aise à la campagne, dans le calme qu'elle offrait.

« Mais le conducteur de la diligence a parlé de Bridgewater, » ajouta Tom.

Je le regardai un moment, et me mis à rire. Je me retournai vers Jonah qui semblait trouver les mots de Tom tout aussi amusants. « Je suis Jonah, le mari de Tennessee. » Il se pencha en avant et serra la main de Tom avant de saluer Ginny et Georgia.

Celle-ci haleta, sourit et regarda Jonah avec un grand intérêt. « Tennie, en voilà des manières ! Je n'arrive pas à croire que tu ne l'aies pas dit plus tôt. Le frère que je n'ai jamais eu ! »

« Je croyais que c'était moi, » répondit Tom, ses mots teintés d'amusement.

« Je peux en avoir plus d'un, » répliqua-t-elle en posant une main sur sa hanche.

Oui, et si elle s'installe à Bridgewater elle pourra aussi avoir plus qu'un mari.

« En parlant d'en avoir plus d'un, « répondis-je, avant de jeter un œil à Jonah qui acquiesça, « j'ai tellement de choses à te raconter. »

« Alors, allons chercher nos chevaux et une carriole pour vos affaires, » dit Jonah, et je réalisai que raconter tout cela sur le trottoir de Travis Point n'était pas l'idéal. Il nous guida vers les écuries. « Vous logerez dans mon ranch le temps que vous soyez installés. » Je suis sûr que vous êtes éreintés après une journée de voyage et que vous avez envie de vous poser. »

Nous quittâmes la ville peu après. Ginny et Georgia étaient assises de part et d'autre de Tom sur la banquette haute de la carriole. Elles me bombardèrent de questions —sur l'école, notre père, Abigail, dont j'avais parlé dans mes lettres, comment j'avais rencontré Jonah—je n'avais pas encore eu l'occasion de parler de James, pas plus que du fait que je sois mariée à lui aussi. Jonah chevauchait à mes côtés mais ne m'y incitait pas et je lui en étais reconnaissante. Je n'avais honte ni de l'un ni de l'autre. Mais il était délicat d'annoncer ce genre de nouvelles à une personne peu habituée au concept d'épouser deux hommes.

Peut-être que c'était pour ça que les familles de Bridgewater ne s'y risquaient pas souvent.

Je doutais que Ginny et Georgia me jugent, mais cela leur prendrait un peu de temps pour imaginer leur sœur avec deux hommes. Je commençai à peine à m'habituer à l'idée de les savoir ici, alors de là à expliquer quelque chose de si... différent. J'étais reconnaissante que Jonah me laisse raconter cette histoire à mon rythme.

Tom posait à Jonah des questions sur les cultures et le bétail, la météo et s'il y avait déjà des avocats dans la région quand un cavalier apparut au loin.

Abel. Il portait les mêmes vêtements que ce matin mais son visage était protégé du soleil par un large chapeau de paille comme celui de Jonah.

Une boule d'angoisse naquit dans ma poitrine lorsqu'il se rapprocha de nous avant de s'arrêter. Il ne m'avait pas adressé la parole, et je connaissais son opinion sur le mariage de son père. Abel fit un signe de tête.

« Mesdames. »

« Mon fils, Abel. » expliqua Jonah, avant de présenter mes sœurs et Tom.

« Je vous ai vus au loin et je voulais vous prévenir sur le champ, » commença-t-il, avant de regarder vers moi. Il ne semblait pas en colère. Plutôt inquiet. « Tu dois filer au ranch Carr tout de suite. Quelqu'un est venu vous chercher tous les deux. James ne se sent pas bien. On est allés chercher le médecin. »

La panique m'envahit. « Jonah, » murmurai-je, avant de me mordre la lèvre en avançant vers lui.

Il serra les dents et étouffa un juron en s'approchant pour me prendre la main. Qu'il serra.

« Son cœur ! »

Tout se figea devant moi, je n'entendais plus ni le vent ni les oiseaux, ni le cheval d'Abel qui reniflait après sa course à travers la prairie.

« Que se passe-t-il avec son cœur ? » murmurai-je.

Jonah soutint mon regard avec gravité. « Il est malade, chaton. »

Malade ? Oh mon dieu. Il allait bien ce matin, il était impatient de me retrouver pour me faire tout un tas de vilaines choses. Je me rappelai son sourire. Son baiser. Ses derniers mots. *Reviens vite, femme. J'ai des projets pour toi.*

« Je m'occupe de tes sœurs, » dit Abel, me tirant de mes pensées. « File. »

« Tennie, qui est James ? » demanda Georgia.

Je regardai Jonah et déglutis péniblement. Je n'allais pas pleurer. Ce n'était pas le moment de m'effondrer. James avait besoin que je sois forte. Je regardai ma sœur.

« Mon autre mari. »

11

ONAH

Le retour vers la maison, notre maison se fit dans un rythme effréné. J'espérai que l'humeur d'Abel s'était adoucie et qu'il ferait un hôte sympathique. Bien que Tennessee ait à peine mentionné qu'elle avait deux maris, j'espérais également qu'Abel ne dénigrerait pas la coutume de Bridgewater auprès de ses sœurs. Elles étaient comme Tennessee, curieuses et passionnées. Mais cela ne serait pas un problème pour le moment.

James était peut-être mourant. Ou pire.

Putain cela n'était pas possible. Je ne voulais pas que cette vieille peau de médecin ait raison.

Je regardai Tennessee à mes côtés. Elle chevauchait très bien et n'avait aucune difficulté à garder le rythme. Son chapeau pendait dans son dos ainsi que ses cheveux coiffés en natte, dont quelques mèches s'étaient échappées. Je lus la pure détermination sur son visage.

« Parle-moi du cœur de James, » cria-t-elle sans me regarder.

« Je ne sais pas grand-chose, sinon qu'il a été très malade suite à un rhume des foins la semaine dernière. Abigail a fait venir le médecin qui a trouvé une faiblesse à son cœur. »

« Tu le savais et tu ne m'as rien dit ? »

« Je ne l'ai appris que l'autre jour. »

« C'est pour ça... oh mon dieu, c'est pour ça que tu m'as aussi épousée. » Elle tourna la tête vers moi mais je ne répondis pas. Elle savait ce que je ressentais, je le lui avais dit il y a quelques heures à peine.

Peut-être qu'elle ressentait la même chose :

« À ce point-là ? »

J'acquiesçai, sans en être vraiment sûr.

« Le docteur est assez vieux pour être mon grand-père, et je ne suis pas tout jeune. Je doute de son aptitude à exercer, et potentiellement à donner une peur bleue aux patients avec des diagnostics erronés. »

« Mais pas dans ce cas, » répondit Tennessee.

Cela ne semblait pas le cas. J'aurais souhaité que le ranch soit plus près. Je comprenais désormais pourquoi James m'avait demandé d'épouser Tennessee également. S'il venait à mourir, elle ne serait pas seule. Il lui fallait quelqu'un, et il voulait que ce soit moi. Et moi aussi je voulais que ce soit James. Tout comme elle le désirait, et l'aimait, du moins c'est ce qui me semblait. Si nous nous retrouvions seuls sans lui, ce ne serait plus pareil. Notre mariage ne serait plus le même parce qu'il devait nous unir Tennessee, James et moi.

Ensemble.

Tennessee se dépêcha de descendre de sa monture avant que je ne puisse l'aider et gravit les marches du porche. « James ! »

La porte était grande ouverte et un homme en sortit. Pas James.

Il leva une main et Tennessee s'arrêta net, le souffle court.

« M'dame. Je suis le Docteur Hiller. »

Ce n'était pas le médecin de ville habituel qui avait rendu visite à James précédemment. Je n'avais jamais vu le Docteur Hiller, mais il était jeune—plus jeune que moi—avec une attitude calme et des mains fermes.

« James, » répéta-t-elle.

Je montai les marches plus doucement, mais avec la même anxiété.

Il fit un petit sourire et se mit de côté. « Au salon. »

Tennessee courut et je la suivis, ignorant le médecin.

Là, sur le canapé, James était allongé sur le flanc, un oreiller sous la tête, l'autre sous le pied.

Il était vivant, avec ce qui ressemblait à une jambe cassée.

Tennessee se laissa tomber sur le sol près de sa tête et lui prit la tête entre les mains en murmurant son nom avant de l'embrasser.

« Chaton, j'aime te voir à genoux devant moi, mais tu n'as pas ma queue dans ta bouche. »

L'odeur puissante du whisky emplit l'air. James n'était pas mort. Il était ivre.

———

TENNESSEE

Il était vivant. Dieu merci.

« Son cheval a trébuché dans un trou de chien de prairie et James est tombé, » dit le docteur.

Je regardai par-dessus mon épaule pour voir le médecin debout entre Jonah et moi. Je me moquais qu'il ait entendu James faire allusion à sa queue dans ma bouche. Je n'allais pas en parler moi-même. Je me moquais de tout tant que James était vivant.

« Il s'est cassé le péroné. » Il regarda dans le vide. « Il s'est cassé un os de la jambe. Une cassure nette et je l'ai remise en place. C'est pour ça qu'il est ivre. »

« J'étais tellement inquiète, » lui dis-je. « Mon dieu, si quelque chose venait à t'arriver. »

« Je vais bien, chaton. Je suis juste un peu ivre, » répondit James avant de s'évanouir brièvement. Je lui souris et caressai ses cheveux soyeux, le regardant des pieds à la tête.

La jambe droite de son pantalon était déchirée de la cheville au genou, sa jambe immobilisée et bandée avec des morceaux de tissu. Sa chemise et son pantalon étaient couverts de poussière suite à la chute et il avait bien sûr, toujours un œil au beurre noir.

Il empestait l'alcool et je repensais au saloon où Jonah et moi nous trouvions quelques heures plus tôt. Il avait bu du whisky, je dirais. Si le docteur devait remettre en place un os de mon corps, il m'en faudrait aussi. Pauvre amour. Je me penchai pour l'embrasser sur le front.

« C'est tout ? » demanda Jonah. « Il ne s'est pas plaint d'autre chose. Il ne s'est pas cogné la tête ? »

Le docteur secoua la tête.

« Et son cœur ? » demanda Jonah. Je retins mon souffle.

« Son cœur ? »

« L'autre docteur était là il y a une semaine. Il lui a dit que son cœur était faible. »

L'homme se gratta l'arrière de la tête. Il devait faire quelques centimètres de moins que Jonah, mais aussi dix kilos de moins. Il était plutôt fin, mais avenant. « Le docteur Bruin est lui-même souffrant. Il y a quelque chose qui traîne, certainement le même rhume des foins que Jonah avait la semaine dernière. »

« D'autre employés l'ont aussi attrapé, » l'informa Jonah.

Il traversa la pièce, attrapa sa sacoche en cuir et revint vers James. Je me levai et m'écartai de son chemin pour rejoindre Jonah. Il passa un bras autour de ma taille, me serrant contre lui. Le docteur sortit un objet de sa sacoche et l'utilisa pour écouter le cœur de Jonah.

Je regardai Jonah et m'imprégnai de son calme. Il attendait patiemment en observant.

Quand il eut fini, le docteur remit son instrument dans son sac.

« Son cœur va très bien. » Il se redressa de toute sa hauteur et soupira en regardant James et Jonah l'un après l'autre.

James allait bien ? Comment était-ce possible ?

« Je crains qu'il n'y ait eu méprise de la part du Docteur Bruin. James Kincade, qui habite plus bas vers Simmes, est mort il y a deux jours dans ses toilettes. Cela semble incongru mais ça arrive souvent. Je ne rentrerai pas dans les détails, mais son cœur était très faible. »

« James *Kincade* ? » demandai-je, en me disant que cela était un nom très roche de James Carr. « Je ne le connais pas mais je suis navré pour sa famille. » Mon soulagement était au prix de la peine de quelqu'un d'autre. »

Le docteur secoua la tête. « Il avait quatre-vingt-cinq ans et était aussi acariâtre que possible. Je pense qu'il serait ravi d'apprendre que ses fils l'ont trouvé le pantalon baissé. »

Le docteur sourit. Il était familier avec la mort et peut-être reconnaissant qu'elle frappe doucement et rapidement, ou, dans le cas de Mr Kincade, après une longue vie bien remplie.

« Je présume que le docteur Bruin a confondu James Carr ici présent—» il fit un signe de tête vers James allongé sur le canapé. «—et James Kincade. Ils ont bien cinquante ans d'écart et je me demande s'il ne serait pas temps pour le vieux docteur de prendre sa retraite. »

La réalité de ce moment se posa sur moi comme une chaude couverture. James n'était pas mourant du tout. Son cœur n'était pas en mauvais état. Je ne pus m'empêcher de me serrer contre Jonah, j'étais soulagée.

« Merci, docteur, » dis-je. « Nous serons ravis d'apprendre cette bonne nouvelle à James. »

« Quand il aura les idées claires, » ajouta Jonah.

JAMES

. . .

Quand je me réveillai, plusieurs éléments étaient manifestes. J'avais mal à la tête, la bouche pâteuse, la jambe relevée sur un oreiller et Tennessee étendue sur moi.

Je lui caressai les cheveux mais elle ne bougea pas.

« Tiens, » dit Jonah en me tendant un verre d'eau. Affalé comme je l'étais, je le bus avidement avant de le lui rendre. « Quand êtes-vous rentrés ? » demandai-je en le regardant. Il était assis dans un fauteuil confortable, un livre sur les genoux.

Il faisait jour, mais à en juger par la lumière pâle, le soleil devait se coucher. J'avais dû dormir plusieurs heures.

« Tu es resté éveillé pendant quelques minutes à notre arrivée, mais tu étais aussi chargé en whisky. Il reposa le verre sur la petite table à sa droite. « On comprend facilement que tu ne t'en souviennes pas. Comment va ta jambe ? »

« Douloureuse. Heureusement le cheval n'est pas blessé. »

Si l'animal s'était cassé la patte dans la prairie, il aurait fallu l'abattre.

« Le docteur a dit que tu devrais rester au repos pendant un mois au moins. »

Je remuai doucement la hanche pour me mettre à l'aise, mais je ne voulais pas prendre le risque de réveiller Tennessee. Je regardai son visage endormi. Ses taches de rousseur étalées partout comme du sucre roux autour de son nez. Elle avait l'air si paisible.

C'était bon de la sentir contre moi.

« Je pense que je trouverai une manière ou deux de m'amuser pendant ce temps, » lui dis-je.

« Oui, et plus encore. » J'étais ravi qu'il soit tout autant enclin à ne pas me priver du plaisir d'honorer ma femme pendant ce temps.

« Tu ne vas pas mourir, » me dit-il.

Je fronçai les sourcils, me souvenant de mes problèmes de cœur. « Quoi ? »

« Le docteur Hiller t'a examiné après que tu te sois évanoui. Il a écouté ton cœur. »

« Mais le docteur Bruin— »

Jonah leva la main. « Il est trop vieux pour ce métier. On dirait qu'il t'a confondu avec James Kincade. »

« Qui c'est celui-là ? » demandai-je, essayant de me garder la voix basse.

« Un octogénaire habitant vers Simms qui vient de mourir d'une crise cardiaque. Je pense que tu devrais consulter le docteur Hiller désormais. »

« Il a écouté mon cœur, et ensuite il a dit qu'il était faible. »

« Il a écouté ton cœur, et ensuite il a pensé que tu étais James Kincade. » Il haussa les épaules. « Bien qu'il ait bon pied, je doute qu'il ait toujours bon œil."

Je n'allais pas mourir. Le docteur s'était trompé. *Putain.*

Je soupirai, un sourire hésitant se dessinant sur mon visage. Le soulagement fit battre mon cœur ressuscité et j'eus envie de me lever pour danser. Ensuite je me souvins de ma jambe. « Merde, une jambe cassée vaut tellement mieux qu'un cœur en mauvais état. »

« En effet. Je sais à quel point c'est toi qui désirais épouser chaton. Ça ne te dérange pas qu'elle porte mon nom ? »

Je regardai mon ami, et vis son expression, son inquiétude. La situation n'allait pas changer. Il ne voulait pas la répudier. Elle était Mme Jonah Wells, pas Mme James Carr. Mais quelle importance ? Elle était allongée sur moi. Elle était entrée dans la maison en furie, inquiète pour moi, pour m'embrasser. Je lui avais fait l'amour. Je l'avais baisée. Elle était à moi, peu importe son nom. C'était comme ça que fonctionnait un mariage à la Bridgewater, complètement hors des conventions traditionnelles. Penser que j'allais mourir changeait la façon de voir les choses.

« Je dois admettre que c'était le cas. Mais plus maintenant. Il n'y a pas de doute qu'elle est à nous deux. Nous avons son cœur autant l'un que l'autre. »

« Et je lui ai offert le mien, » ajouta Jonah.

Tennessee se réveilla à ce moment-là, levant la tête pour me regarder dans les yeux, avant de sourire.

« Salut, chaton. »

Elle se redressa, avant de se souvenir de ma jambe blessée et s'immobilisa. Je la saisis par la taille et la maintins en place. « Ne pars pas. »

« Je... je ne veux pas te faire mal. »

« Ça me fera mal si tu lèves. » Je remuai des hanches pour qu'elle me sente dur et chaud contre son ventre. »

Elle roula des yeux et je n'aurais pu être plus heureux. « Même maintenant ? »

« Toujours. »

« Pourquoi tu ne m'as pas parlé de ce que le docteur Bruin t'a dit ? » demanda-t-elle.

« Parce que je ne voulais pas te faire peur. » Quand elle ouvrit la bouche pour dire quelque chose, je l'interrompis. « Tu sais combien de temps je t'ai attendue ? » Je caressai ses cheveux, comme le petit chaton qu'elle était.

« Depuis l'autre jour, quand tu m'as vue sur le trottoir de M. Grimsby ? »

Je secouai la tête.

« Ça fait deux ans. »

Ses jolis yeux s'ouvrirent sous le choc.

« Deux—»

« Depuis le jour où j'ai emmené Abigail au pensionnat. Je t'y ai vue, et j'étais fichu après ça. »

Elle écarquilla les yeux. « Vraiment ? »

J'acquiesçai. « Tu portais une robe bleu pâle, de la même couleur que tes yeux. Tes cheveux étaient coiffés en arrière avec un petit ruban en velours. Tu étais dehors et le vent s'est levé. Le ruban s'est défait et s'est envolé.

« Je... je m'en souviens. »

« Jonah, va dans mon bureau, ouvre le tiroir en haut à gauche. » Je désignai l'autre pièce.

Il fit ce que je lui avais demandé et revint.

« Mon ruban ! » Elle avança la main et le prit de ses mains, passant son pouce sur le doux tissu comme je l'avais fait des centaines de fois.

« Je pense à toi depuis ce jour. »

« C'est vrai, chaton, » confirma Jonah. « Il a passé plusieurs soirées d'hiver à me parler de toi. Je ne savais pas pour ce ruban, mais je dirais que tu étais déjà à lui. »

« Pourquoi tu ne t'es pas présenté ? Ou pourquoi tu n'as pas *dit quelque chose* ? » demanda—telle d'une voix pleine d'interrogation.

Je lui tapotai le nez. « Parce que tu étais trop jeune. Tu n'étais pas prête à te marier. »

« J'étais prête pour toi. Moi aussi je t'ai vu, » avoua-t-elle en rougissant. « Je n'étais qu'un écolière, une amie de ta sœur. Je... je ne pensais pas que tu serais intéressé. »

Je la serrai de nouveau, sentant chaque centimètre de son corps contre le mien, avant de glisser ma main le long de son derrière.

« Est-ce-que j'ai l'air désintéressé ? »

« Pourtant, si nous n'avions pas gardé le secret... »

« Il y a eu un certain nombre de secrets, » dit Jonah.

Je regardai vers lui.

« Dis-lui, chaton. » Sa voix s'était assombrie mais tout en restant douce.

Elle se tourna vers lui. « Oui, Monsieur. »

Et elle me raconta sa journée. Toute sa journée. Elle commença par son arrivée au ranch, sa rencontre avec Abel et comment il l'avait à peine saluée. Jonah avait relaté sa discussion catastrophique avec son fils.

« Il va s'y faire. Il n'a pas le choix, » leur dis-je. Aucun d'entre nous n'avait envie qu'il se résigne à accepter notre mariage. Même si Abel passait pour un petit arrogant, lui et Jonah s'entendaient bien. J'espérai que cela pourrait continuer.

« J'ai entendu une partie de la conversation, et ça m'a... agacée. Je pensais... je pensais que Jonah ne m'avait épousée que parce qu'il y était obligé. »

Jonah grogna en guise de réponse et prit la main de Tennessee.

Ma jambe palpitait et ma tête me faisait souffrir à cause des vapeurs d'alcool, mais je saisis la teneur de ses mots.

« Oh, tu parles de ton premier mariage ? »

Jonah acquiesça. « Je me suis fait piéger, deux fois.

Mais je te l'ai dit Tennessee, n'est-ce pas ? Je suis très heureux que tu m'aies attrapé. »

Je les regardai tout à tour, et vis que quelque chose avait changé. Leurs regards étaient plus ouverts, plus intimes. Je me sentais... exclu. « Cela aurait pu être toi à la place de Jonah. »

« Quoi ? Pris avec ma queue dans sa bouche ? Je me souvins de la douceur de sa langue qui me léchait et de la douce succion de sa bouche qui m'avait vidé les couilles. »

Elle rougit mais acquiesça.

« Chaton, j'étais pris au piège dès l'instant où je t'ai vue, » ajoutai-je. « J'avoue que j'aurais bien aimé être celui qui t'a épousée à l'église, mais peu importe. Tu es à moi et tu n'es pas prête de te débarrasser de moi. » Je le pensais vraiment, et surtout en cet instant. Je n'allais pas mourir. Du moins, pas plus tôt que quiconque.

Elle pencha la tête sur le côté et m'offrit le plus ravissant des sourires. Se penchant, elle m'embrassa gentiment, comme si c'étaient mes lèvres qui étaient cassées, et non ma jambe.

« Ses sœurs sont là, » dit Jonah et Tennessee se retira.

Je regardai par-dessus son épaule comme si elles étaient cachées derrière elle.

« Elles sont chez moi, » clarifia Jonah. « Nous étions à Travis Point, et elles venaient d'arriver par la diligence de Butte. »

Ses yeux brillaient d'excitation. « C'est vrai. Ginny est mariée, et tous les trois veulent s'installer ici, Ginny, Tom et Georgia. Ils vont habiter chez Jonah le temps de trouver leur propre foyer. »

« Je suis sûr que Mme Tunbridge est aux anges. » Abel

ayant grandi, il n'avait plus besoin d'une mère de substitution et je doutais qu'elle ait envie de s'occuper de deux célibataires.

« Pour sûr. Nous n'étions même pas arrivés jusqu'à la maison avant qu'Abel nous annonce la nouvelle de ta blessure, » expliqua Jonah. « Nous sommes venus ici directement. »

« Je suis très content pour tes sœurs, » dis-je, heureux qu'elle ait sa famille auprès d'elle, surtout étant donné que son père était un sale enfoiré. Et mort. « Mais que faisiez-vous à Travis Point ? »

Ils étaient censés se rendre au ranch de Jonah pour rencontrer Abel et Mme Tunbridge, peut-être rester pour le déjeuner et revenir.

« Dis-lui tout, chaton, » ajouta Jonah. « Sur Grimsby. »

« Grimsby ? » grognai-je.

Tennessee prit une grande inspiration et souffla doucement. Je l'imitai, j'aurais préféré ne plus jamais entendre ce nom. J'ajustai l'oreiller sous ma tête alors qu'elle commençait son récit, l'homme qui allait s'en prendre à ses sœurs, comment elle voulait les secourir par elle-même. Lorsqu'elle eut fini, j'étais prêt à filer à Butte pour arracher Grimsby de sa cellule et le battre à mort.

« Elles sont en sécurité, alors, » dis-je. « Quiconque a été envoyé à Fargo va finir par rentrer et découvrir que son commanditaire est aux arrêts. Il n'a pas de raison de poursuivre son contrat vu que personne ne pourra le payer. »

Jonah approuva.

« Je n'aurais pas dit mieux. Et Virginia Bennett porte désormais le nom de son mari. Aucune n'a laissé de trace indélébile à Butte, et je doute que l'homme n'entende jamais parler de Georgia. »

Apprendre le fardeau qu'elle portait et que nous n'avions pas su découvrir par nous-mêmes était difficile. Elle n'était pas rebelle ; elle était courageuse. Forte, même.

« J'ai gagné l'argent que je voulais. J'ai joué au poker dans un saloon ! Ne t'inquiète pas, Jonah était à mes côtés, » ajouta-t-elle en me tapotant la poitrine.

Elle était tellement excitée à cette idée et je regardai Jonah. Il hocha la tête, mais ne dit rien. J'aurais les détails plus tard.

Je regardai vers elle. « Nous avons échafaudé un tas de théories sur toi, chaton. »

Elle se mordit la lèvre et croisa mon regard. « Je ne vous ai pas facilité la tâche. »

Non, en effet, et je doutais qu'elle ne le fasse un jour. Mais je ne voudrais pas qu'il en soit autrement. Elle était à moi.

« Je suis désolé, chaton, » murmurai-je en levant la tête pour l'embrasser. « On dirait que tu n'as pas été une si vilaine fille après tout. »

« Peut-être que j'ai été un peu vilaine, » avoua-t-elle en jouant avec le bouton de ma chemise.

« Oh ? »

« Parce que je si je suis trop gentille, je n'aurai pas de fessée »

Elle me regarda à travers ses cils, pleine d'espoir avec un air à la fois timide mais encore plus insolent.

« Ne t'inquiète pas pour ton ravissant petit cul, » lui dit Jonah, en se penchant pour lui donner une petite fessée sur son derrière tendu. « Nous aimons quand tu n'es pas sage. »

Je bandais maintenant et ne pensais qu'à la mettre à quatre pattes pour la baiser encore une fois.

« Putain, j'ai la trique. »

Avec précaution, elle descendit de moi en s'aidant de la main de Jonah. « Tu es blessé, » dit-elle, en regardant mon corps ce qui me fit bander plus fort. « Ta jambe doit te faire souffrir. Tu ne peux pas sérieusement penser à faire... ce genre de choses maintenant ? »

« Il peut *penser* autant qu'il veut, » répondit Jonah.

Je soupirai. Ils avaient raison. Ma queue devrait attendre. Du moins, pour le moment.

« Une semaine devrait suffire, » ajouta Jonah.

Je me redressai sur les coudes et poussai un petit grognement. « Une semaine ? »

Il sourit et je retombai, dépité. J'avais une femme ravissante dans laquelle je rêvais de me glisser.

« Deux jours, » grommelai-je. « Deux jours, chaton. »

« Le docteur a parlé d'un mois, » répliqua-t-elle, bien qu'elle se morde la lèvre réfléchissant certainement au fait que cela lui paraîtrait une éternité à elle aussi.

Je souris en remuant ma queue dans mon pantalon. Je me sentais mal à l'aise, partout. « Je peux imaginer quelques manières de te baiser sans que j'aie besoin de faire quoi que ce soit. Je serai juste allongé dans mon, lit, comme ça et tu pourras me chevaucher. »

« Et je serai dans ton cul, » murmura Jonah.

Oh mon dieu, la prendre tous les deux, ensemble. La conquérir enfin complètement. Deux jours. Ils seraient les plus longs de toute ma vie.

12

ENNESSEE

Dix-huit heures restèrent notre maximum. Dix-huit heures après lesquelles je ne pouvais plus attendre. Mes hommes ne m'avaient certainement pas facilité la tâche. En fait, je pense qu'ils me poussaient intentionnellement à ce stade, pour que je n'en puisse plus.

La veille, James avait accepté de prendre un peu de laudanum pour passer une bonne nuit. Je voulais rester avec lui alors Jonah avait dormi seul dans l'autre chambre.

Mais pendant la journée... avec James installé sur le canapé, cette fois-ci en position assise, il m'avait gardé à sa botte. Non seulement je lui apportais à manger et à lire, mais en plus, je devais l'embrasser sur commande. Et bientôt, cela ne lui avait plus suffi et il m'avait demandé de défaire les boutons de ma robe. Il avait embrassé tout mon décolleté, au-dessus de mon corset. Quelques heures plus tard, il avait défait mon corset et embrassé mes seins, suçotant un téton après l'autre, me laissant tremblante et excitée. Dans l'après-midi, il avait glissé une main sous ma robe et m'avait doigté jusqu'à me faire jouir. Tout comme à l'église, j'avais eu tellement envie de lui que j'avais ouvert son pantalon et l'avais sucé avec voracité jusqu'à avaler chaque goutte de sa semence.

Quand j'eus léché les dernières gouttes sur mes lèvres, je le regardai en ressentant le pouvoir que je détenais sur lui. Je l'avais excité, fait jouir. *Moi.*

Mes sœurs, Tom et Abel étaient venus dîner après que James eut envoyé un de ses employés au ranch Carr pour relayer l'invitation. Il semblait qu'Abel ait été un hôte attentionné et non content de les avoir bien accueillis, leur ait expliqué ce qu'était un mariage à la mode de Bridgewater. Je lui en étais reconnaissante parce que dans ma hâte, j'étais partie sans expliquer pourquoi j'avais deux maris. Quant à Abel lui-même, il m'avait prise à l'écart pour me présenter ses excuses pour son manque de courtoisie et s'était montré aimable avec son père.

Ils ne s'étaient pas attardés, mais j'avais promis de rendre visite à mes sœurs dès le lendemain : nous voulions parler de nos hommes toutes les trois. Ou plutôt, je savais que je parlerais et qu'elles poseraient des questions. Mais ce serait demain. Pour le moment...

Il faisait sombre, la nuit était tombée et la brise fraiche entrait par la fenêtre ouverte. Je n'avais pas froid du tout bien que je sois nue car on veillait à ce que j'aie chaud.

James était allongé, nu, au centre du lit, sa tête

reposant sur un oreiller. Sa jambe était attachée fermement mais il semblait souffrir. Mais pas à cause de sa blessure, à cause de sa queue. Il en agrippa la base et caressa son membre engorgé. Elle pointait droit vers le haut et d'épaisses veines parcouraient sa longueur. Le gland était énorme—j'avais vraiment pris ça dans ma bouche ?—et couleur prune.

« Putain, ça me tue de te voir comme ça, chaton. Mais quel spectacle. »

J'étais à quatre pattes mais je lui tournai le dos, mes mains sur la tête de lit en cuivre. Jonah jouait avec moi depuis si longtemps, avec mes seins, tirait mes tétons, les pinçait. Et plus bas, il taquinait ma chatte avec ses doigts, utilisant mon excitation pour maculer mon clitoris et trouver exactement quel endroit me faisait supplier. Ensuite, il avait glissé un doigt dans ma chatte. Il y avait trouvé un autre point, qui, stimulé d'une certaine manière, me faisait frémir. Alors seulement il avait pris le temps de jouer avec mon cul, étalant sur moi le lubrifiant qu'il avait récupéré à Bridgewater, avant de m'insérer, doucement, un des godes.

Je restai en place, sachant que James pouvait voir ce que Jonah me faisait, et bien qu'il soit blessé, il n'en perdait pas une miette.

Je savais qu'il pouvait me faire jouir, mais il ne l'avait pas fait. Il ne le *voulait* pas.

« Jonah, suppliai-je encore. »

« Qu'y a-t-il chaton ? »

Oh, il savait exactement ce qu'il y avait. Je me retournai pour les regarder tous les deux.

Je regardai James. « Fais-moi jouir, » suppliai-je, avant

de glisser une main entre mes cuisses pour me caresser. J'en haletai.

Jonah s'avança et me donna une fessée. Pas fort, mais assez pour les murs de ma féminité se contractent et pour faire se balancer mes seins.

« C'est notre chatte. »

« Mais je n'en peux plus, » répliquai-je en gémissant.

James me fit signe d'approcher. « Viens par-là, chaton. Assieds-toi sur mon visage, et je vais arranger ça. »

Je le regardai avec de grands yeux, incertaine quant à ce qu'il avait dit.

Il désigna la tête de lit.

« Mets tes mains par ici. »

Je fis comme il me l'avait demandé.

« Bien, maintenant chevauche mon visage. Oh quelle belle vue de ta chatte et de ce gode dans ton cul. Maintenant, assieds-toi. Je veux poser ma bouche sur toi. »

Il remonta ses mains et agrippa mes hanches pour me tirer contre lui comme je mettais trop de temps.

« Oh ! » criai-je, en saisissant la rambarde en cuivre alors que sa langue me léchait de mon clitoris à l'entrée de ma chatte.

« Il va te faire jouir, chaton, ensuite tu vas chevaucher sa queue, » me dit Jonah.

James me donna une petite secousse.

« Et Jonah va te prendre par derrière, » dit-il, son souffle chaud faisant de l'air sur mes endroits sensibles.

Je regardai par-dessus mon épaule vers Jonah qui saisit la poignée du gode.

« Tu vas nous prendre tous les deux. C'est le moment que tu sois à nous. Complètement. »

Mon esprit décrocha quand James se remit à l'ouvrage avec la vigueur d'un homme vaillant. Il ne me taquina pas comme l'avait fait Jonah, et se montra impitoyable jusqu'à me faire jouir, en criant son nom.

James ondula des hanches pour que je descende à califourchon sur sa taille, mes seins se balançant devant lui. Il en profita pour attraper un téton avec sa bouche et me coupa le souffle. J'étais repue, James était doué avec sa bouche, mais il n'avait même pas utilisé ses doigts sur moi. Ma chatte se sentait vide. J'avais besoin de la queue de James en moi.

Il lâcha mon téton et j'en profitai pour descendre plus bas sur son torse, installant son gland contre ma chatte.

« Putain, oui, » murmura-t-il.

Je l'embrassai quand il me pénétra, me goûtant sur ses lèvres, sur sa langue. Il était si gros, que je m'écartai autour de lui. Cela me prit une minute pour le laisser plonger au plus profond de moi, pour que je sois assise sur ses cuisses. Avec le gode rivé dans mon cul, tout était si étroit.

Jonah s'assit sur le bord du lit et passa une main le long de mon dos avant de tirer sur le gode jusqu'à le retirer de moi.

Je n'avais aucune idée de ce que Jonah en fit, mais ses doigts vinrent le remplacer, pour m'enduire de plus de lubrifiant.

James commença à bouger, me baisant comme il le voulait, mais doucement. Peut-être un peu trop, car je remuai des hanches. J'en voulais plus.

« Chut... Tu en auras encore, » promit Jonah en retirant son doigt de mon cul avant de se lever et de retirer son pantalon. Tout en chevauchant James, je regardai Jonah et profitait de chaque centimètre de son corps. Les poils sombres sur sa poitrine, ses muscles sinueux, sa queue en érection. Enduite de lubrifiant, elle luisait dans la pénombre.

Je n'étais pas sûre qu'elle rentre dans mon cul ; il était tellement plus gros que les godes. Et pourtant j'en palpitais déjà.

« Putain, dépêche-toi, Jonah ! »

Jonah s'approcha du lit et s'installa derrière moi. James m'attira pour un baiser et Jonah posa un bras entre nous pour se pencher davantage. Je sentis sa queue appuyer contre mon petit trou vierge, essayant d'y entrer.

Cette sensation me fit haleter. J'en avais désespérément envie. Je pris une grande inspiration et soufflai pour me détendre. Je les laissai faire tout le travail pour qu'ils me prennent à leur gré. Ils ne me feraient pas de mal. Ils me faisaient passer avant leur propre vie, j'en étais le centre. Comme en cet instant, j'étais entre eux, là où était ma place. J'étais à eux. Complètement.

Et pourtant, ils étaient aussi à moi. Ils me désiraient. Je faisais de nous une famille. Nous n'étions qu'un. Et quand la queue de Jonah franchit le dernier anneau qui résistait, je levai la tête en gémissant.

« C'est ça, prends-le. C'est bien. Tellement bien de prendre nos queues. »

« Elle est tellement serrée, » dit Jonah, progressant centimètre par centimètre.

« Je suis... je suis tellement remplie, » grognai-je.

J'étais perdue entre eux. *Avec* eux.

« Je ne tiendrai pas longtemps, » avoua James.

« Putain, moi non plus, pas cette fois. Savoir que j'aie conquis ce petit cul... c'est trop bon. »

Ils alternèrent leurs mouvements, l'un se glissant en moi alors que l'autre en sortait. Doucement, régulièrement et parfaitement. Je ne pouvais bouger mes hanches, ni remuer. Je ne pouvais rien faire d'autre que de ressentir.

Les mains de James se crispèrent sur ma taille et il jouit, me remplissant de sa semence chaude. Sa main se glissa entre nous et trouva mon clitoris, ce qui acheva de me faire jouir. Impossible de retenir mon plaisir même si j'avais voulu attendre Jonah. Ils me submergeaient de plaisir.

Jonah me baisait de manière si intime, d'une manière qui me mettait à nu pour lui. Je lui offrais tout, je m'offrais à tous les deux. Quand il s'accrocha à moi et grogna, je sus qu'il jouissait, en me marquant.

Jonah se retira le premier, doucement et prudemment. James suivit juste après. Je glissai sur le côté, faisant attention à la jambe de James et posai ma tête sur son épaule. Jonah se cala contre moi, une main sur ma taille.

Leur semence s'écoulait de moi, me rappelant qu'ils étaient en moi il y a peu.

« Je... je veux juste que vous sachiez tous les deux que je suis exactement où je voudrais être, » confiai-je. « Avec vous deux. Tout a changé si vite, mais je—»

« Je sais, chaton, » fit Jonah en caressant mes cheveux et en m'embrassant sur l'épaule.. « Je ressens la même chose. Bien que cela semble hors de contrôle, c'est peut-être mieux ainsi. Peut-être que le destin nous a donné un coup de pouce. »

« Je croyais que c'était moi, » dit James. « Je t'avais dit que tu allais te marier. »

Je ris. « Oh oui. C'est toi le romantique. »

« Je t'en donnerai de la romance, dans quelques minutes, dès que je me serais remis. Et ne sois pas impertinente, chaton. »

Je me redressai pour regarder James, un sourire aux lèvres. « Sinon quoi ? Tu vas me fesser ? »

« Comme toujours. »

« Et moi aussi, » dit Jonah en m'attirant pour un baiser.

« Oui, Monsieur. »

OBTENEZ UN LIVRE GRATUIT !

Abonnez-vous à ma liste de diffusion pour être le premier à connaître les nouveautés, les livres gratuits, les promotions et autres informations de l'auteur.

livresromance.com

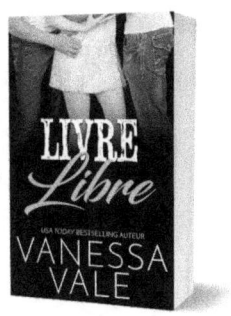

CONTACTER VANESSA VALE

Vous pouvez contacter Vanessa Vale via son site internet, sa page Facebook, son compte Instagram, et son profil Goodreads via les liens suivants :

Abonnez-vous à ma liste de lecteurs VIP français ici :
livresromance.com
Web :
https://vanessavaleauthor.com
Facebook :
https://www.facebook.com/vanessavaleauthor/
Instagram :
https://instagram.com/vanessa_vale_author
Goodreads :
https://www.goodreads.com/author/show/9835889.Vanessa_Vale

À PROPOS DE L'AUTEUR

Vanessa Vale vit aux États-Unis et elle est l'auteur de plus de 60 best-sellers romantiques et sexy, dont notamment sa populaire série de romans historiques Bridgewater et ses romances contemporaines érotiques mettant en vedette de mauvais garçons qui n'ont pas peur de dévoiler leurs sentiments. Quand elle n'écrit pas, Vanessa savoure la folie que constitue le fait d'élever deux garçons, tout en essayant de chercher à savoir combien de repas elle peut préparer avec une cocotte-minute et donne des cours de karaté. Même si elle n'est pas aussi experte en réseaux sociaux que ses enfants, elle aime interagir avec les lecteurs.

Elle est présente sur Facebook et Instagram.
Rejoignez la liste de diffusion de Vanessa !

www.ingramcontent.com/pod-product-compliance
Lightning Source LLC
LaVergne TN
LVHW011835060526
838200LV00053B/4034